D1657669

Dawson's Creek™
Atemlos in Capeside

Atemlos in Capeside

Roman

Auf Basis der gleichnamigen Fernsehserie
von Kevin Williamson

Romanfassung von C. J. Anders

Aus dem Amerikanischen
von Antje Görnig

Für Julius und Trinity

Das Buch »Dawson's Creek – Atemlos in Capeside«
entstand parallel zu der gleichnamigen TV-Serie *Dawson's Creek*™
von Kevin Williamson, produziert von Columbia TriStar
Television, ausgestrahlt in SAT.1.

Erstveröffentlichung bei: Pocket Books, New York 2000
Titel der Originalausgabe:
Dawson's Creek™ – Running on Empty

Die Deutsche Bibliothek – CIP-Einheitsaufnahme

Dawson's Creek. – Köln : vgs
Atemlos in Capeside / C. J. Anders.
Aus dem Amerikan. von Antje Görnig. – 2000
ISBN 3-8025-2795-X

1. Auflage 2000
vgs verlagsgesellschaft, Köln

Umschlaggestaltung: Alex Ziegler, Köln
Senderlogo: © SAT.1 New Business Development (NBD) 2000
Titelfoto: © 1999 Columbia TriStar Television, Inc.
Satz: Kalle Giese, Overath
Druck: Clausen & Bosse, Leck
Printed in Germany
ISBN 3-8025-2795-X

1

»Okay, ich gebe es zu: Ich hasse dieses Buch«, sagte Joey Potter zu Pacey Witter, als sie über den Schulparkplatz auf seinen Truck zusteuerten.

»Weißt du etwa nicht, Potter, dass es gesetzlich verboten und zudem reichlich unamerikanisch ist, *Moby Dick* zu hassen?«, fragte Pacey und warf seine Bücher in den Wagen.

Joey runzelte die Stirn und lehnte sich an den Truck. »Diese Macho-Geschichte ›Mensch gegen Natur‹ von Melville geht mir total auf die Nerven. Warum messen wir dem literarischen Amoklauf der Hormone eine so große Bedeutung bei? Und warum hat er ausgerechnet einen Wal genommen?«

Pacey boxte ihr gespielt auf den Bizeps. »Es geht gar nicht um die Bedeutung, Potter. Es zählt allein der große Test am Montag.«

Sie sah ihn böse an. Aus irgendeinem Grund regte er sie heute mächtig auf. »Du hast mir besser gefallen, als du noch gegen das Lernen allergisch warst!«

Pacey drohte ihr mit dem Zeigefinger. »Die reine Unwahrheit!«

Joey seufzte. »Warum können wir keinen normalen Test schreiben mit Fragen, die wir heute auswendig lernen und morgen schon wieder vergessen können? Aber nein, wir sollen im Team Szenen erarbeiten und vorspielen, die Melvilles Gebrauch von Allegorien und Metaphern verdeutlichen. Mir graut davor, darüber nachzudenken, was Ahabs Holzbein symbolisieren könnte.«

»Hey, erinnerst du dich daran, wie unser Literatur-Lehrer uns erzählt hat, dass er während seiner Collegezeit im Sommer auf einem Fischerboot gearbeitet hat? Was sich, wenn ich darauf hinweisen darf, in den späten Sechzigern abspielte. Und ist dir schon mal aufgefallen, wie er von Zeit zu Zeit richtig wegdriftet? Meine Theorie ist, er hat damals in der guten alten Zeit einfach ein bisschen zu viel LSD genommen«, meinte Pacey. »Er hat Flashbacks.«

»Danke, Captain Ahab.«

»Hey, Leute«, rief Andie McPhee, die mit Büchern beladen auf die beiden zukam. »Ich bin mehr als gut vorbereitet auf unsere Lernsession. Ich habe vier hervorragende Bücher mit Kommentaren und Kritiken zu *Moby Dick* ergattert.«

»Hätte nicht einmal Kompaktwissen in einem Band gereicht?«, bemerkte Pacey.

»Glücklicherweise weiß ich ja, dass du nur Witze machst«, gab Andie zurück. »Oh, Jack sagte mir, er kann nicht – er muss bei den Vorbereitungen für das Dinner im Feuerwehrhaus morgen Abend helfen.«

Pacey nickte. »Ach ja, das jährliche Wochenende der Wale steht uns wieder bevor. Unser verschlafenes Küstenstädtchen wird von Touristen überrannt, denen die Ferngläser an den Augenbrauen festgewachsen sind, weil sie versuchen, einen Blick auf Free Willy zu erhaschen.«

»Wenigstens ist es für einen guten Zweck«, meinte Joey. »*Potter's Bed and Breakfast* ist komplett ausgebucht. Ich wünschte nur, wir hätten für dieses Wochenende nicht so viele Hausaufgaben auf.«

»Hey«, sagte Dawson Leery, als er zu den anderen stieß. »Tut mir Leid, dass ich zu spät bin. Emily LaPaz hat mich in die Zange genommen. Sie will, dass ich nächste Woche beim Hochzeitstag ihrer Eltern ein Video drehe.«

»Und du hast zugesagt?«, fragte Joey beim Einsteigen.

»Sie hat mir hundert Dollar geboten, da habe ich natürlich zugesagt.« Dawson sprang mit Andie auf die Ladefläche des Trucks. Dann stellte Pacey das Radio mit dem unvermeidlichen Oldie-Sender an – sehr zum Verdruss seiner Freunde liebte er Oldies heiß und innig. Er hatte die Scheiben hinuntergekurbelt und die Musik von Jefferson Airplane schallte über das Gelände, als er den Wagen vom Parkplatz lenkte. Joey wusste, dass es keinen Zweck hatte zu versuchen, sich über die Musik hinweg mit ihm zu unterhalten, also wandte sie sich ab und sah aus dem Fenster.

Es war nett von ihren Freunden gewesen, der Lernsession bei ihr zu Hause zuzustimmen, fand Joey. Normalerweise war das der letzte Ort auf der ganzen Welt, an dem sie lernen wollte, und schon gar nicht gemeinsam mit ihren Freunden. Denn zum einen war ihr Zuhause auf der sprichwörtlich falschen Seite – in diesem Fall auf der falschen Seite der Bucht. Und zum anderen hatte Alexander, der Sohn ihrer Schwester Bessie, gerade seine Trotzphase – seine Antwort auf alles war »nein«, gefolgt von einem hysterischen Kreischen. Also nicht gerade die besten Voraussetzungen für das Konzentrationsvermögen.

Bessie hatte bereits alle Hände voll damit zu tun, sich auf die Gäste vorzubereiten, die am Wochenende der Wale in die Pension kommen würden – besonders da die Potters die Preise nicht unbedeutend erhöht hatten und nun das komplette Programm anboten: drei Mahlzeiten am Tag. Bodie, Bessies Lebensabschnittsgefährte und Chef des Unternehmens, hatte am Morgen wegen eines Notfalls in seiner Familie Capeside verlassen. Weil er weg war, waren Bessie und Joey schon mit den Nerven am Ende, bevor das Wochenende überhaupt angefangen hatte, denn nun musste Joey auf ihren schreienden Neffen aufpassen und gleichzeitig für die Schule lernen. Ganz toll!

Joey sah Pacey von der Seite an. Er grölte gemeinsam mit Grace Slick. Joey wandte sich wieder dem Fenster zu. Vielleicht war es gar nicht so schwer zu erraten, warum sie sich so über Pacey aufregte. Sie war verwirrt, was ihre Beziehung zu ihm anging. Joey und Pacey waren schon immer Dawsons beste Freunde gewesen, aber so ganz direkt hatten sie miteinander nie zu tun gehabt, ihr Verhältnis glich dem von Sparring-Partnern. Aber nun hatten sich die Dinge geändert. Joey und Dawson waren nicht länger ein Paar. Andie und Pacey waren nicht länger ein Paar. Und Joey und Pacey waren ...

Nun, genau da lag das Problem. Joey wusste nicht, was sie waren. Sie wusste nicht einmal, ob sie es überhaupt wissen wollte. Allerdings wusste sie, dass sie mit dem, was sie waren oder auch nicht waren, Dawson definitiv nicht verletzen wollte. Es würde ihm viel zu sehr wehtun.

Aber das mochte sie niemandem außer sich selbst eingestehen.

Zwanzig Minuten später, als sie sich in Joeys Küche versammelt hatten, fanden sie die Nachricht von Bessie auf dem Tisch, dass sie schon zum Einkaufen aufgebrochen sei und Alexander mitgenommen habe. Auf die Theke hatte sie für die Freunde einen Teller mit selbst gebackenen Plätzchen gestellt.

»Das ist aber nett von ihr«, sagte Andie und griff gleich zu.

»Glaub mir, es ist noch netter, dass sie Alexander mitgenommen hat«, sagte Joey. »Sollen wir im Esszimmer arbeiten?«

Pacey schob sich ein Plätzchen in den Mund und schnappte den Teller, Dawson nahm Milch aus dem Kühlschrank und Joey und Andie holten Gläser. Dann setzten sie sich an den großen Esstisch.

»Okay«, fing Andie an und führte die Fingerspitzen beider Hände so zusammen, dass sie eine Brücke formten. »Ich vermute, wir haben alle den Roman zu Ende gelesen?«

»Da vermutest du ganz richtig, McPhee«, entgegnete Pacey.

»Großartig.« Sie zog einen Packen Karteikärtchen aus dem Seitenfach ihrer Notebook-Tasche. »Ich habe mir die Freiheit erlaubt, ein paar Fragen zu notieren, die hoffentlich unseren kreativen Prozess ankurbeln: Was symbolisiert der Wal? Was symbolisiert die Jagd auf den Wal? Was symbolisiert die Farbe Weiß? Was symbolisiert Queequeg? Und warum will der Erzähler, dass wir ihn Ismael nennen?«

»Ich weiß ja, wie sehr du diese akademische Show liebst, McPhee«, warf Pacey ein, »aber ich habe einen Gegenvorschlag.«

Sie lächelte. »Ich bin ganz Ohr.«

Pacey zog eine Videokassette aus dem Rucksack. »*Moby Dick*, der Film mit Gregory Peck in der Rolle des Captain Ahab.«

»Peck ist super«, meinte Dawson, »aber abgesehen davon ist der Film ein übertriebenes Melodram, versteckt hinter einem bekannten Titel und einer Geschichte, die jeder kennt.«

»Also, ich habe ihn noch nie gesehen und vielleicht hilft es ja«, sagte Joey. »Denn es mangelt den Bildern, die in meinem Kopf zu dem Buch entstehen, reichlich an Kreativität. Mein Vorstellungsvermögen reicht gerade noch für einen endlosen Ozean, ein Walfangboot, das von einer Überdosis Testosteron angetrieben wird, einen armen Wal, den sie alle töten wollen, und eine Nantucket-Schlittenfahrt nach Nirgendwo.«

»Sind alle dafür, den Streifen anzusehen?« Pacey hob die Hand. Joey ebenfalls. »Unentschieden. Schade, dass Jen bei diesem Projekt in einer anderen Gruppe ist. Sie hätte nämlich garantiert für den Film gestimmt.«

Joey zog eine Münze aus der Tasche. »Kopf oder Zahl?«, fragte sie Dawson und warf sie in die Luft.

»Kopf.«

Joey fing die Münze gekonnt auf. »Zahl! Gehen wir an den Videorekorder.« Ohne zu zögern stand sie auf und führte die anderen ins Wohnzimmer.

»Ich weiß nicht, wozu es gut sein soll, den Film anzusehen. Ist doch reine Zeitverschwendung«, meinte Andie verärgert. »Der Test bezieht sich auf das Buch, nicht auf den Film.« Sie setzte sich neben Pacey auf die Couch. Dawson streckte sich auf dem Teppich aus. Als Joey gerade das Video in den Rekorder schob, hörte sie die unverkennbaren Schreie des kleinen Alexander und zuckte zusammen.

»Joey?«, rief Bessie aus der Küche. Bei dem Geschrei, das ihr Sohn machte, war sie kaum zu verstehen.

»Hier!«, rief Joey ohne besondere Begeisterung.

Bessie erschien mit dem brüllenden Alexander auf dem Arm in der Tür. »Heute muss mein Glückstag sein! Das Auto ist voll gepackt mit Lebensmitteln und mein Sohn braucht eine neue Windel. Wobei möchtet ihr lieber helfen?«

Joey, Dawson und Pacey flitzten schnell aus der Küchentür, um die Einkäufe hereinzuholen. Bessie legte Alexander einfach auf den Küchentisch und machte sich daran, seine Windel zu wechseln.

»Ist das hygienisch?«, fragte Andie zaghaft und zog ein Gesicht. Alexander stank.

»Er beschmiert damit ja nicht die Wände, ich wechsle ihm lediglich die Windel. Nichts, das ein Liter Sanitärreiniger nicht in den Griff bekäme.« Bessie lächelte ihren Sohn an. »Ja, mein kleiner Mann«, gurrte sie. »Du vermisst deinen Daddy, nicht wahr?«

»Soll das hier in den Kühlschrank?«, fragte Pacey, der mit Tüten beladen in der Tür erschien.

»Ja, danke«, entgegnete Bessie, während sie mit der einen Hand das strampelnde Baby festhielt und mit der anderen an der Windel herumfummelte. »Ihr seid echte Lebensretter. Hat Joey euch erzählt, dass wir am Wochenende total ausgebucht sind?«

»Hat sie«, entgegnete Dawson und stellte zwei Tüten mit Obst auf die Theke. »Ist doch super!«, meinte er und eilte wieder hinaus.

»Die Dosen kommen in diesen Schrank, nicht wahr?«, fragte Pacey.

»Ja.« Bessie hatte Alexander endlich fertig angezogen, drückte ihn Andie in den Arm und rieb dann den Tisch mit einem Reinigungsmittel ab. »Zufrieden?«, fragte sie Andie, die das Baby etwas unbeholfen im Arm hielt.

»Unheimlich, danke!«

Dawson, Joey und Pacey tauchten erneut mit weiteren Tüten auf. »Das ist alles, Bessie«, sagte Dawson. »Jetzt hast du genug Essen hier, um eine kleine Armee zu versorgen.«

»Hey, es ist wirklich nett von euch, mir zu helfen«, sagte Bessie. »Ich weiß ja, dass ihr eigentlich zum Lernen hier seid. Den Rest schaffe ich allein.«

»Sicher?«, fragte Joey. Sie besah sich die chaotische Szene in der Küche und bekam plötzlich Schuldgefühle, weil sie sich gegenüber ihrer Schwester und ihrem Neffen oft sehr gereizt verhielt.

Wenn die Mutter gestorben und der Vater im Gefängnis ist, hilft es doch irgendwie, wenn wenigstens der Rest zusammenhält, dachte sie.

»Ganz bestimmt«, entgegnete Bessie. »Was ist denn euer Thema?«

»*Moby Dick*«, antwortete Andie.

»Igitt! Da seid ihr ja wirklich nicht zu beneiden. Könnten die nicht etwas Umweltfreundlicheres, ökologisch Korrektes auswählen?«

»Das sollten sie in der Tat.« Joey lächelte ihre Schwester an und küsste ihren Neffen. »Ach, übrigens, danke für die Plätzchen, Bessie.«

»Gern geschehen.«

Die vier gingen wieder ins Wohnzimmer. Sie hatten sich kaum vor dem Fernseher versammelt, als Alexander aus Leibeskräften zu schreien begann.

»Vermutlich wird er mal ein Opernstar«, sagte Pacey. »Der Kleine hat die richtigen Lungen dafür.«

»Und er lässt sie immer öfter zum Einsatz kommen«, murmelte Joey und griff nach der Fernbedienung, um die Lautstärke aufzudrehen. Vielleicht war es doch keine so gute Idee gewesen, bei ihr zu Hause zu lernen.

In dem Moment klingelte das Telefon. Bessie rief: »Joey, kannst du mal ...«

»Ich gehe schon«, antwortete Joey und ging an den Apparat.

»*Potter's Bed and Breakfast.*« Es kam ihr immer noch merkwürdig vor, sich so offiziell an ihrem eigenen Telefon zu melden, aber für eine separate Geschäftsleitung war nicht genug Geld da. Vielleicht nach diesem Wochenende, dachte Joey.

»Hallo, Potter's? Hier ist Freddie Sumo. Ich rufe nur an, um mir unsere Reservierung für morgen bestätigen zu lassen.«

Joey schlug das Reservierungsbuch auf, das neben dem Telefon lag, und blätterte bis zum nächsten Tag vor. »Ja, Mr. Sumo. Wir haben für Sie zwei Doppelzimmer reserviert.«

»Sehr schön. Es gibt in jedem Zimmer zwei Einzelbetten, richtig?«

»Ja, Sir.«

»Sehr schön. Was meinen Sie, sind die Betten kräftig gebaut?«

Joey hatte keine Ahnung, was sie darauf antworten sollte, also sagte sie: »Wie bitte?«

»Stabil, meine ich«, erklärte Mr. Sumo.

»Ja, ich bin ganz sicher, dass alle Betten stabil sind, Mr. Sumo«, versicherte ihm Joey. »Wir erwarten Sie und Ihre Leute dann morgen. Auf Wiedersehen!«

Als sie auflegte, bemerkte sie, wie ihre Freunde sie fragend anstarrten.

»Alle Betten sind stabil, Mr. Sumo«, wiederholte Pacey. »Was war das denn? Aber wenn ich es mir richtig überlege, will ich es vielleicht gar nicht wissen.«

»Er hat mich gefragt, ob die Betten alle kräftig gebaut sind«, erklärte Joey. »Und ich habe ihm geantwortet. In diesem Geschäft ist der Kunde König.«

»Hier geht es bestimmt um Flitterwochen oder ein Wochenende mit der Geliebten«, vermutete Pacey.

»Du bist so ein Zyniker«, schimpfte Andie. »Und wenn der Mann einfach mit dem Rücken Probleme hat?«

»Und wenn er einfach noch leidenschaftlich in seine Frau verliebt ist, mit der er viele Jahre zusammen ist und mit der er jede Nacht drei- oder viermal zügellosen, erfindungsreichen Sex hat?«, schlug Dawson vor.

Er wechselte einen Blick mit Pacey. »Nee«, machten sie beide gleichzeitig.

Glücklicherweise hörte Alexander abrupt auf zu schreien. Joey sah auf die Uhr. »Wir sparen uns lieber die Werbespots und spulen bis zum Anfang des Films vor. Ich habe heute Abend noch mindestens zwei Stunden Hausaufgaben vor mir und muss Bessie helfen, fürs Wochenende zu backen. Unser Prospekt verspricht zu jedem Frühstück Selbstgebackenes.«

»Ich kann helfen, wenn du möchtest«, bot Andie an. »Mir macht Backen unheimlich viel Spaß.«

Joey lächelte sie dankbar an. »Möglicherweise nehme ich dich beim Wort.«

Der Film lief höchstens fünf Minuten, da hörten sie Bessie plötzlich laut schreien, dann einen dumpfen Aufprall. Sofort rannten sie alle vier in die Küche, um nachzusehen, was passiert war. Hoffentlich hatte Bessie nicht das Baby fallen gelassen!

Aber mit Alexander war alles in Ordnung. Er saß vergnügt auf seinem hohen Babystuhl. Bessie allerdings lag gekrümmt auf dem Fußboden, neben ihr ein aufgeplatzter Behälter Pistazieneis.

»Alles okay?«, fragte Joey besorgt und kniete sich neben ihre Schwester.

»Ich bin so blöd!«, schimpfte Bessie wütend. »Ich wollte schnell das Eis in die Gefriertruhe packen, da ist etwas herausgetropft und peng, bin ich ausgerutscht.« Sie hatte Tränen in den Augen. Ein Alarmsignal, denn Bessie weinte nie. Joey konnte nicht einschätzen, ob es Tränen der Erschöpfung waren oder ob ihre Schwester sich in der Tat verletzt hatte.

Andie stellte das Eis in die Gefriertruhe und holte einen Lappen, um den Boden zu wischen, während Dawson sich neben Bessie kniete. »Wo tut es weh?«, fragte er sanft.

»Ich bin irgendwie auf diesem Knöchel gelandet«, sagte Bessie und wies mit dem Kopf auf ihren rechten Fuß. Der Knöchel schwoll bereits an. »Er ist richtig umgeknickt.«

»Das sieht nicht gut aus, Bessie«, meinte Pacey.

Dawson nickte. »Ich glaube, wir fahren dich besser in die Notaufnahme.«

»Dafür habe ich auch jetzt gerade Zeit!«, schnaubte Bessie. »Wer soll denn das Haus fürs Wochenende fertig machen?«

»Aber Bessie, du musst ...«, setzte Joey an.

»Ich bin sicher, es ist nur ein dicker Bluterguss.« Bessie blieb beharrlich. »Der verschwindet von selbst wieder. Helft mir mal!« Dawson und Pacey hakten Bessie unter und stellten sie vorsichtig auf die Beine. Auf ein Bein, um genau zu sein, denn das rechte hielt sie angewinkelt. Die Jungen stützten sie auf beiden Seiten.

»Meinst du, du schaffst es, das rechte Bein etwas zu belasten?«, fragte Dawson.

Die Lippen zu einer dünnen weißen Linie zusammengepresst, versuchte Bessie behutsam, mit dem rechten Fuß aufzutreten. Und fluchte laut.

Bessie fluchte nie in Anwesenheit von Alexander.

»Das war's, wir fahren ins Krankenhaus!«, beschloss Joey. Ihre Schwester widersprach nicht.

»Theoretisch handelt es sich hierbei um Kaffee. Die Maschine sah allerdings eher aus wie die in *Peggy Sue hat geheiratet.*« Dawson hielt Joey mit spitzen Fingern einen dampfenden Styroporbecher hin.

»Nein, danke.« Sie brachte ein schwaches Lächeln zustande.

»Soll ich dir was zu essen holen?«, fragte Andie und wiegte Alexander im Arm. Gott sei Dank hatte er die ganze Zeit geschlafen, als die Ärzte Bessie untersuchten.

Joey schüttelte den Kopf. »Soll ich ihn nehmen?«

»Nein, nein, das mache ich sehr gern«, wehrte Andie ab.

»Dann bin ich nämlich immer froh, dass ich selbst keins habe.«

»Hört mal, wir sind jetzt schon fast zwei Stunden hier«, meinte Joey. »Ich weiß eure Unterstützung wirklich sehr zu schätzen, aber allmählich bekomme ich ein schlechtes Gewissen. Ihr müsst doch alle lernen und ...«

»Du weißt doch, dass wir dich nicht allein lassen, Potter. Spar dir deine Worte, wir kennen sie schon«, unterbrach sie Pacey.

Joey schloss die Augen und lehnte den Kopf an die Wand. Sie war zu müde, um sich mit ihm zu zanken. Als sie mit Bessie im Krankenhaus eingetroffen waren, hatten sie fast eine Stunde warten müssen, bevor eine rothaarige Krankenschwester mit rosigen Wangen sie in einen Untersuchungsraum brachte. Bis dahin sah Bessies Knöchel bereits wie ein lila Baseball aus.

Nach einer weiteren halben Stunde kam dieselbe Krankenschwester wieder heraus, um ihnen mitzuteilen, dass Bessie zum Röntgen gefahren werde. Seitdem hatten sie fast eine Stunde gewartet. Es war kurz vor sieben Uhr.

»Miss Potter?« Joey schlug die Augen auf. Vor ihr stand die rothaarige Krankenschwester.

Joey sprang auf. »Ist meine Schwester ...?«

»Sie wird in einer Minute fertig sein«, sagte die Schwester. »Der Knöchel ist nicht gebrochen.«

»Oh, das ist super!«, rief Joey.

»Er ist allerdings übel verstaucht«, fuhr die Frau fort. »Und sie darf ihn drei, vier Tage nicht belasten. Sie bekommt eine Liste mit Hinweisen ausgedruckt, Eis, Hitze und so weiter. Wir geben ihr auch ein Rezept für ein Schmerzmittel mit.«

Joey nickte.

»Es ist wirklich wichtig, dass sie nicht auftritt«, betonte die Krankenschwester. »Solche schlimmen Verstauchungen können langfristig mehr Probleme machen als Brüche, wenn man sie nicht korrekt behandelt.«

»Ich werde sie nicht aufstehen lassen, versprochen«, versicherte Joey ihr.

Die Krankenschwester nickte. »Nun, sie kommt gleich. Sie muss nur noch ein paar Formulare unterschreiben. Danke, dass Sie sie hergebracht haben!«

Als die Krankenschwester weg war, sackte Joey in dem hässlichen orangenen Plastiksessel zusammen. »Die Pension ist ausgebucht und die Leute kreuzen morgen auf«, sagte sie benommen. »Bodie weg, Bessie kann nicht gehen, nur ich und das Baby ...«

»So eine melodramatische Haltung steht dir gar nicht, Potter«, rügte Pacey. »Glaubst du etwa, deine Nächsten und Zweitnächsten werden dich in der Stunde der Not im Stich lassen?«

»Ist doch klar, dass wir dir helfen, Joey«, fügte Dawson schnell hinzu, legte einen Arm um sie und drückte sie kurz an sich.

»Du bist nicht allein«, ergänzte Andie.

Joey sah ihre Freunde dankbar an. Sie wusste, sie konnte wirklich auf sie zählen. Und das war entscheidend.

Als Bessie mit bandagiertem Knöchel und Krücken auf dem Schoß im Rollstuhl herausgeschoben wurde, wachte Alexander auf und begann sofort zu schreien. »Ich nehme ihn«, sagte Bessie und streckte die Arme aus. Sie liebkoste ihren Sohn, aber der schrie nur noch lauter.

»Er hat Hunger«, sagte Bessie.

»Ich habe ihn doch gefüttert«, meinte Joey.

»Dann hat er eben wieder Hunger.« Bessie lächelte Joey schief an. »Es tut mir so Leid, dass ich dir das aufbürden muss, Joey.«

»Kein Problem«, versicherte ihre Schwester tapfer. »Ich gehe mal eben dein Rezept abholen.«

Bessie klopfte auf ihre Brieftasche. »Habe ich schon, danke, Joey. Dawson, könntest du aus dem Seitenfach der Babytasche ein Gläschen für ihn herausholen? Und dann wollen wir zusehen, dass wir ihn nach Hause bringen.«

Joey nickte. Je schneller sie Bessie zu Hause ins Bett gepackt hatte, desto eher konnte sie planen, wie sie das Wochenende mit einem Haus voller zahlender Gäste, die pro Tag drei ausgezeichnete Mahlzeiten aus eigener Küche erwarteten, überstehen konnte. Dazu eine Schwester, die außer Gefecht gesetzt war! Und obendrein ein schreiendes Baby!

Aber ihre Freunde hatten ihr Hilfe angeboten. Das war eine gute Sache. Denn sie würde weiß Gott jede Hilfe brauchen, die sie nur bekommen konnte.

2

»Joey, kannst du mir das Reservierungsbuch bringen?«, rief Bessie.

Joey warf noch einen raschen Blick in den Backofen – sie hatte nach einem Rezept, das Bodie am Morgen gefaxt hatte, drei riesige Backformen Lasagne zubereitet. So weit, so gut. Alles schien gleichmäßig zu bräunen und die Uhr über dem Ofen zeigte noch weitere sieben Minuten Backzeit an.

»Ich komme, Bessie!«, rief Joey nach oben. Sie schloss die Backofentür, schnappte sich das schwarze Buch vom Küchentisch, in dem die Reservierungen für die Pension standen, und brachte es in Bessies Schlafzimmer. Ihre Schwester thronte auf dem Bett, ihr verletzter rechter Knöchel war in Eis gepackt und lag erhöht auf einem Kissenstapel. Joey betrachtete ihn genauer, das Lila war noch dunkler geworden. Bevor Bessie sich auf dem Bett niedergelassen hatte, war sie sehr zuversichtlich gewesen, dass sie am nächsten Tag auf Krücken herumlaufen könne, wenn sie den Knöchel nur dick umwickelte. Aber wie deutlich zu sehen war, würde nicht einmal das möglich sein.

Bessie war in ein Telefongespräch vertieft und winkte Joey mit dem Buch heran. »Hm ... hm«, sagte sie zerstreut, während sie schnell die Seiten umblätterte und nach etwas suchte. »Da steht es: Mr. und Mrs. Martino aus New York. Wie ich sehe, haben Sie die Reise anlässlich Ihres zwanzigsten Hochzeitstages geplant, was wirklich wunderbar ist, aber ohne Kreditkarte können Sie doch nicht erwarten, dass wir ...«

Eine aufgeregte männliche Stimme drang aus dem Hörer. Was der Mann genau sagte, konnte Joey allerdings nicht verstehen. Nun hielt Bessie den Hörer von ihrem Ohr weg – denn Mr. Martino brüllte. Was immer da los war, es klang nicht gut.

»Ja, Mr. Martino«, sagte Bessie mit ruhiger Stimme. »Ich verstehe. Und wir werden Ihrer Reservierung nachkommen. Wir sehen uns heute Abend zum Dinner.« Mit einem Stöhnen stellte sie das tragbare Telefon ab und ließ es neben sich aufs Bett fallen.

»Probleme?«, fragte Joey leise, denn Alexander schlief, auf ein Laken gebettet, auf dem Boden nicht weit von ihren Füßen.

»Große Probleme«, bestätigte Bessie. »Das war Mr. Martino aus New York. Er hat für sich und seine Frau vor drei Monaten das Wochenende der Wale gebucht. Keine Anzahlung, keine Kreditkarte, nichts. Nie wieder von ihnen gehört. Ich dachte, sie tauchen gar nicht auf. Deshalb habe ich ihr Zimmer an das frisch verheiratete Paar aus Maine vermietet. Patrick und Candace Ackerly oder so. Sie werden in Zimmer drei schlafen.«

»Wahrscheinlich sage ich ja etwas, was du längst weißt, aber du kannst kein Zimmer vermieten, das du schon vermietet hast«, bemerkte Joey.

»Wollen wir wetten?«

»Bessie, das ist verrückt. Warum hast du Mr. Martino nicht gesagt, dass wir kein Zimmer mehr für ihn und seine Frau frei haben?«

»Weil Mr. Martino Journalist ist und, wie er mir zufällig anvertraute, ein enger Freund von Fred Fricke, dem Reisebuchautor. Wie eng, wollte ich lieber nicht fragen.«

Joey schluckte. Fricke war der Kritiker, der ihr Bed & Breakfast im vergangenen Jahr beurteilt hatte. Sein Einfluss war groß. Und es stünde ihnen gar nicht gut an, ihn zu verärgern, indem sie seine engen Freunde abwiesen.

»Aber das ist noch nicht alles«, fuhr Bessie fort. »Mr.

Ackerly hat vor einer Weile angerufen und mich informiert, dass sie eine Videofilmerin mitbringen, die das junge Paar in den Flitterwochen auf Video bannt.«

»Und wo sollen wir die Dame unterbringen?«

»Wenn nötig, in meinem Zimmer«, entgegnete Bessie. »Ackerly bot an, das Doppelte für das Zimmer zu zahlen, weil er nicht früher Bescheid gesagt hat. Offensichtlich handelt es sich hier um ein Last-Minute-Hochzeitsgeschenk von den reichen Eltern der Braut.«

Joey setzte sich auf die Kante von Bessies Bett. Ihr war übel. »Aber das ist unmöglich!«

»Ja.«

»Wie konntest du nur eine solche Überbelegung zulassen, Bessie? Was sollen wir denn jetzt tun?«

»Ich weiß es nicht, Joey. Aber ich sage dir, was wir auf keinen Fall tun: Gäste abweisen nämlich. Weißt du, wie viel uns dieses Wochenende bringt? Wir können unsere Hypothek für ein halbes Jahr im Voraus zahlen, wenn sie alle auftauchen.«

»Aber wir haben nur drei Zimmer zu vermieten. Und in zweien davon haben wir die Sumo-Brüder und dann sind da noch die Martinos, die Ackerlys und ihre Fotografin ...«

»Videofilmerin ...«

»Was auch immer. Mich würde interessieren, wo wir die Leute alle unterbringen sollen!« Alexander grunzte im Schlaf und drehte sich um. Joey hielt die Luft an – das Letzte, was sie jetzt gebrauchen konnte, war, dass er wach wurde.

»Wir sind doch zwei intelligente Frauen, wir finden schon eine Lösung«, sagte Bessie ruhig.

»Super«, entgegnete Joey. »Ich werde dir intelligenter Frau die Führung überlassen. Und die Idee, dein Zimmer zu vermieten, vergisst du am besten gleich. Du darfst nicht aufstehen. Du *könntest* ja nicht mal aufstehen, selbst wenn du wolltest. Und ich muss dich jederzeit finden können, also bleibst du hier im Bett.«

Bessie lächelte reuevoll. »Es kommt noch schlimmer.«

Joey sah sie finster an. »Was denn noch?«

»Also, da sind noch diese Meeresforscherin, Frau Doktor White, und ihre Zwillings-Enkelsöhne. Ich habe vorgestern mit ihr gesprochen. Sie bestand darauf, dass sie die Zimmer mit Kreditkarte bestellt hat, als sie vor ein paar Wochen anrief ...«

»Aber das hat sie nicht«, unterbrach Joey.

»Bodie hat die Reservierung angenommen und den kann ich ja jetzt nicht fragen. Jedenfalls hat sie heute Morgen angerufen, um zu bestätigen.«

»Lass mich raten – du hast auch ihr zugesagt.«

»Natürlich habe ich das. Ich habe gedacht, eine alte Dame passt mit zwei kleinen Jungen in dieses Zimmer hier und ich könnte bei dir mein Lager aufschlagen.«

»Bessie, dein Zimmer hat ein eigenes Bad, was für eine Frau, die nicht gehen kann, ziemlich wichtig ist. Du wirst dein Zimmer nicht abgeben.«

»Schön, dann stellen wir eben im Vorgarten Zelte für die Gäste auf«, entgegnete Bessie patzig. Sie zuckte zusammen und legte ihren verstauchten Knöchel behutsam in eine andere Position. Bestimmt hatte sie große Schmerzen. Joey wusste, dass ihre Schwester das Medikament nicht nehmen wollte, weil es sie benommen machte. Sie wollte lieber klar im Kopf sein, damit sie sich um Alexander kümmern konnte.

Joey schloss die Augen, rieb sich die Schläfen und machte eine Bestandsaufnahme. Sie hatten mehr Gäste für das Wochenende, als sie unterbringen konnten. Viel zu viele. Diese Gäste würden in sechs Stunden eintreffen, alle in der Erwartung ein paar wunderschöner Tage im Zeichen der Wale.

Aber es gab nur Betten für einige von ihnen.

Wie konnte man das drohende Desaster nur abwenden? Es musste doch ...

Der Geruch von etwas Verbranntem drang von der Küche durchs Treppenhaus nach oben. Bessie reckte die Nase in die Luft. »Joey, riechst du ...«

»Die Lasagne!« Joey jagte aus dem Raum.

»Denk nach!«, rief Bessie ihr nach. »Wir müssen uns etwas ausdenken!«

Joey rannte in die verrauchte Küche und zog die verbrannte Lasagne aus dem Ofen, als auch schon der Feuermelder anging. Alexander ließ sich von der Sirene anstecken und begann sofort zu heulen.

»Spitze. Einfach Spitze!« Joey knallte das, was einmal eine Lasagne gewesen war, ins Spülbecken, drehte den Wasserhahn auf und starrte die dampfende verkohlte Masse wütend an.

»Etwas ausdenken!«, dachte sie grimmig. »Das kannst du dir selbst ausdenken, Bessie. Denn ich werde einfach von zu Hause weglaufen. Ich bin sicher, die Martinos haben eine hübsche Wohnung in New York. Und zufällig weiß ich, dass sie am Wochenende leer steht.«

»Hey, Joey, was führt dich hierher?« Gale Leery sah von dem großen Fass Krautsalat auf, in dem sie tatsächlich mit einem Kanupaddel rührte. »Ich vermute, du bist nicht gekommen, um mir zu helfen, dieses Zeug zu rühren?«

»Sicher, warum nicht?« Joey nahm das Paddel und rührte damit in dem riesigen Salatbottich. In der ganzen Küche von Gale's Restaurant standen riesige Plastikbehälter für das alljährliche Brathähnchen-Dinner im Feuerwehrhaus herum, eine alte Capesider Tradition, mit der traditionell das Wochenende der Wale eröffnet wurde. Das Dinner war als Büfett konzipiert, bei dem sich jeder so viel nehmen konnte, wie er wollte.

Gale küsste sie auf die Wange. »Danke, Süße. Jetzt bin ich befreit. Ich muss nämlich noch mehr geriebene Möhren holen.«

»Hey, Joey.« Dawson tauchte hinter der Theke auf. Er hatte große Tupperdosen in den Händen, die er auf der Arbeitsfläche absetzte. »Hast du etwa das Bedürfnis verspürt, dich der Beschäftigung mit überdimensionierten Feinschmeckereien hinzugeben?«

»Ach, du kennst mich doch, ich hab immer jede Menge Freizeit«, entgegnete Joey aufgekratzt und zwang das Paddel durch den dicken Salat. Sie verzog das Gesicht. »Wenn man das einmal tut, hat man Zeit seines Lebens von Krautsalat die Nase voll.«

Dawson nahm ihr das Paddel ab und rührte weiter. »Warum so deprimiert?«

»Wer sagt denn, dass ich deprimiert bin?«

»Wenn ich das nach all den Jahren nicht an deinem Gesicht ablesen könnte, Joey, wäre ich auf dem besten Wege, blind zu werden.«

Joey seufzte und lehnte sich gegen die Theke. Sie wusste nicht, was sie sagen sollte. Und schon gar nicht, wie sie Dawson und seine Eltern fragen sollte, was sie fragen musste. Gale kam eilig wieder zurück und schüttete eine große Schüssel geriebener Möhren in das Fass. »So muss es sein, wenn man eine ganze Armee zu füttern hat. Dawson hat mir von deiner Schwester erzählt«, sagte Mrs. Leery. »Das ist wirklich eine schlimme Situation. Wenn wir euch helfen können, lasst es uns wissen.«

Joey brachte ein müdes Lächeln zustande. Am wenigsten auf der ganzen Welt wollte sie Gale darum bitten, ihr und Bessie aus dem Schlamassel zu helfen, aber ... »Mrs. Leery, bitte sagen Sie das nicht, wenn Sie es nicht wirklich meinen«, sagte sie schließlich.

Gale hielt inne. »Du hast mich seit Jahren nicht mehr Mrs. Leery genannt, Joey, es muss also ernst sein.«

»Ist es auch. Ich könnte etwas Hilfe dabei gebrauchen, ein drohendes Desaster abzuwenden.«

Gale wischte sich die Hände an einem Geschirrtuch ab. »Erzähl weiter!«

»Was ist los, Joey?«, fragte Dawson beunruhigt.

»Die Lage ist folgendermaßen: Die Pension ist für das Wochenende restlos überbucht. Wie es dazu kam, ist eine lange Geschichte, und die Antwort auf das Warum ist, dass wir jeden Dollar gebrauchen können, um die Hypothek auf das Haus abzuzahlen.«

Gale nickte und wartete darauf, dass Joey fortfuhr.

»Es kommt noch schlimmer«, warnte Joey. »Wir bieten am Wochenende Vollpension an, das heißt, drei leckere Mahlzeiten am Tag.«

»Und Bodie ist weg«, bemerkte Dawson. »Bessie kann nicht gehen. Und Kochen gehört nun wirklich nicht zu deinen Stärken, Joey.«

»Danke für die Bestätigung meiner Unsicherheit auf diesem Gebiet, Dawson«, entgegnete Joey.

Gale stoppte den Schlagabtausch der beiden, indem sie einen Zeigefinger an den Mund legte. »Wie viele zusätzliche Leute kommen?«

»Viele«, sagte Joey. Es war ihr zu peinlich, die genaue Zahl zu nennen.

»Ich kann dir zwei Zimmer zur Verfügung stellen«, sagte Mrs. Leery. »Mitch und ich schlagen unser Lager im Keller auf. Und Dawson, du gibst auch dein Zimmer ab, nicht wahr?«

Dawson verbeugte sich. »Dein Wunsch ist mir Befehl.«

»Das kann ich nicht von euch verlangen ...«, setzte Joey an.

Gale hob beschwichtigend die Hand. »Du hast es ja nicht verlangt, ich habe es angeboten. Und du willst mir doch bestimmt nicht die Gelegenheit vorenthalten, einer Freundin zu helfen.«

Joey lächelte. »Dann bleibt mir nur, mich zu bedanken.«

»Mehr als gern geschehen!« Gale umarmte sie.

»Deckt das alle eure Überbelegungen ab?«, fragte Dawson.

»Jetzt fehlt uns immer noch ein Zimmer, ob ihr es glaubt oder nicht«, bekannte Joey.

Gale blickte nachdenklich drein. »Weißt du, als Dawson klein war, gingen bei Jens Großmutter Waschmaschine und

Trockner kaputt, ausgerechnet als sie das Haus voller Leute hatte. Mitch und ich haben eine Woche lang die Wäsche für sie gemacht. Ich wette, ich kann sie um einen Gefallen bitten ...«

»Aber das geht doch nicht«, unterbrach Joey rasch. »Ich meine, es ist wirklich sehr großzügig, aber ...«

»Es ist die beste Lösung für euer Problem«, meinte Gale. »Schon beschlossene Sache.«

»Sieh es einfach als Filiale von *Potter's Bed and Breakfast* auf der anderen Seite der Bucht«, schlug Dawson vor. »Das ist so einzigartig, da könntet ihr glatt einen Zuschlag verlangen.«

»Ist doch keine große Sache, Joey«, sagte Gale.

Joey lächelte beschämt. »Ich glaube, wir wissen alle, dass es eine ziemlich große Sache ist. Und ich weiß eure Hilfe mehr zu schätzen, als ich ausdrücken kann.«

»Dafür sind Freunde doch da, Süße«, entgegnete Gale warmherzig. »Abgesehen davon, ein bisschen was umräumen, ein bisschen kochen, wir lernen neue Leute kennen, das wird Spaß machen.«

Dawson grinste Joey an. »Das ist meine Mutter«, sagte er stolz. »Nur mal so aus Neugier, Joey, wer bekommt denn mein Zimmer?«

Joey zog eine Karteikarte aus der Tasche. »Ihr werdet Patrick und Candace, zwei frisch Vermählte aus Maine, zu Gast haben. Sie sind in den Flitterwochen. Wie Bessie sagte, ist er ganz nett und sie reich.«

»Nun, dann müssen wir uns keine großen Gedanken darum machen, wie wir sie satt kriegen«, bemerkte Gale. »Als Mitch und ich in den Flitterwochen waren, sind wir nicht aus dem Hotelzimmer rausgekommen.«

Dawson zuckte zusammen. »Das wollte ich gar nicht wissen, Mom.«

»Ihr müsst morgens nur Kaffee und Toast anbieten oder so«, erklärte Joey rasch, »und auch nur, wenn sie wirklich Frühaufsteher sind. Sie bekommen dann bei uns ein richtiges Frühstück, Mittag- und Abendessen.«

»Du willst für all diese Menschen kochen?«, fragte Gale Leery zweifelnd.

»Sicher«, entgegnete Joey. Sie hoffte, überzeugter zu klingen, als sie es eigentlich war. »Oh, noch etwas zu unseren Frischvermählten. Sie bringen eine Videofilmerin mit, die alle Details des Geturtels aufnehmen soll.« Sie sah auf ihre Karte. »Ihr Name ist Alexis Wesley. Mehr weiß ich leider nicht.«

»Also, die Frischvermählten müssen definitiv in die Master-Suite und die Filmemacherin kommt in dein Zimmer, Dawson.«

»Sicher. Aber eins noch, Joey. Wie sollen wir wissen, wann es bei euch Zeit zum Essen ist?«

»Darum kümmert sich Pacey gerade«, meinte Joey. »Er stellt im Garten einen großen Gong auf. Den wird man in Boston noch hören.«

Ihre Worte versetzten Dawson einen Stich. Pacey stellte den Gong auf; das bedeutete, dass Joey bereits mit ihm über den Notstand gesprochen hatte. Und das wiederum bedeutete, dass sie mit ihm darüber gesprochen hatte, bevor sie ihn, Dawson, informierte. In gewisser Hinsicht war es logisch, wenn man sich den momentanen Zustand ihrer Beziehung ansah. Aber es hatte eine Zeit gegeben, da wäre Joey direkt zu ihm gekommen.

Nun, jetzt war nicht der richtige Moment, darüber nachzudenken. Es war alles zu verwirrend. Und schmerzhaft. Und er hatte keine Antworten. Es war besser, sich auf die Krisensituation zu konzentrieren. Und zu versuchen, Joey auf eine Weise zu helfen, wie Pacey es nicht tat.

Dawson sah seine Mutter an. »Brauchst du mich in der nächsten halben Stunde hier unbedingt oder kann ich meinen Küchendienst aufschieben, um eine Besorgung zu machen?«

»Du bist ja nicht vertraglich zur Sklavenarbeit gezwungen, Dawson«, entgegnete Gale. »Was ist denn los?«

»Ich gehe mit Joey nach nebenan, damit sie Jens Großmutter fragen kann, ob sie bei der Party dabei ist.«

»Ich glaube, ich habe da bessere Karten«, sagte Gale. »Bring mir das Telefon.« Und schon wählte sie die Nummer. Als Jens Großmutter abhob, erklärte ihr Gale rasch die Situation. »... also, das ist unglaublich großzügig von Ihnen«, sagte sie dann und streckte Joey und Dawson einen aufgerichteten Daumen entgegen. »Joey oder Bessie wird sich gleich bei Ihnen melden.«

Sie legte auf und grinste Joey an. »Erledigt! *Potter's Bed and Breakfast* hat nun zwei Filialen.«

»... und das Wochenende der Wale beginnt mit dem jährlichen Brathähnchen-Dinner am Capesider Feuerwehrhaus«, erklärte Joey Mr. und Mrs. Martino, die ihr nur mit halbem Ohr zuhörten, weil sie bereits in Zimmer eins ihre Sachen auspackten. »Wenn Sie hingehen möchten, wir haben eine Wegbeschreibung. Es ist sehr einfach zu finden.«

Sie wartete darauf, dass einer von beiden eine Reaktion zeigte. Aber nichts dergleichen geschah. »Sie können mir auch später Bescheid sagen«, fügte Joey lahm hinzu.

Schließlich sahen sich die beiden an, dann wandte sich Mr. Martino an Joey. »Meine Frau isst nichts, das mal ein Gesicht hatte.«

»Oh«, entgegnete Joey langsam. »Also, dann ist der leckere Krautsalat bestimmt ganz nach Ihrem Geschmack!«

Mrs. Martino schüttelte heftig den Kopf. Joey fragte sich allmählich, ob die Frau überhaupt sprechen konnte.

»Meine Frau isst keine Mayonnaise«, erklärte er. »Zu viel gesättigte Fettsäuren. Ich für meinen Teil bin allerdings jederzeit interessiert an einem ordentlichen Büfett. Ich lasse mir keine Gelegenheit entgehen wettzumachen, was sie alles nicht isst. Man kann dort doch so viel essen wie man will, nicht wahr?«

»Ich denke ja«, entgegnete Joey.

Mrs. Martino warf ihrem Mann einen bedeutungsvollen Blick zu. Er sah Joey wieder an. »Da wir Vollpension gebucht haben, können Sie vielleicht stattdessen etwas anderes für meine Frau zubereiten? Vielleicht eine Suppe? Gemüse ist gut, verwenden Sie nur keine Rinder- oder Hühnerbrühe! Auch zieht sie Gemüse aus biodynamischem Anbau vor.«

Mrs. Martino nickte heftig.

»Aber ...«, setzte Joey an.

»Wir haben Vollpension gebucht und das bedeutet drei Mahlzeiten«, erinnerte sie Mr. Martino. »Und für mich brauchen Sie kein Dinner zu machen. Dann ist die Gemüsesuppe für meine Frau wohl kein Problem, oder?«

»Überhaupt kein Problem«, versicherte ihm Joey zuckersüß. In Gedanken öffnete sie bereits eine Dosensuppe, die sie mit ein paar Streifen frischer Möhren und gefrorenem Mischgemüse aufpeppen wollte. Sie und Bessie hatten damit gerechnet, dass die Gäste ihre erste Mahlzeit im Feuerwehrhaus einnahmen. Aber da hatten sie die Rechnung eben ohne die Martinos gemacht.

»Das wäre dann alles«, sagte Mrs. Martino abweisend.

Also konnte sie doch sprechen! Jedenfalls, um der Magd Befehle zu geben ...

»Einen Moment noch«, sagte ihr Gatte und sah sich um. »Wo habe ich meine Brieftasche hingelegt?«

»Da ist sie«, sagte Joey und wies mit dem Kopf in Richtung des Sessels, wo er sie abgelegt hatte. »Aber ein Trinkgeld ist nicht nötig, Sir.«

»Blödsinn, ich bestehe darauf.«

Während Joey wartete, zog Mrs. Martino ihr Handy aus der Tasche und tippte eine Nummer ein. Dann begann sie mit jemandem ein lebhaftes Gespräch über irgendeinen Kindercartoon mit »entmenschlichenden Eigenschaften« zu führen. Joey erinnerte sich vage, dass sie ihren Marketing-Job bei einer TV-Produktionsfirma für Kindersendungen in New York erwähnt hatte.

»Wirklich, Shelly, diese Sendung ist absolut frauenverachtend und ich will, dass sie abgesetzt wird!«, wetterte Mrs. Martino in das Handy.

Mr. Martino klatschte Joey eine Ein-Dollar-Note in die Hand. »Bitte schön, junge Dame. Danke!«

Joey hätte ihm am liebsten den Schein ins Gesicht geworfen, aber sie steckte ihn in die Tasche. »Wenn Sie etwas brauchen, zögern Sie nicht, es uns wissen zu lassen.« Was man solchen Leuten bestimmt nicht zweimal sagen musste, dachte sie noch.

Mr. Martino hatte sich wieder umgedreht, als wäre Joey bereits verschwunden. Und Mrs. Martino machte nun die Person am anderen Ende der Leitung zur Schnecke.

Joey schlüpfte rasch aus dem Zimmer. Sie ging nach unten, wo Dawson und Jen auf die Ankunft der anderen Gäste warteten. Pacey war im Garten und brachte eine Hängematte an.

Muuuh!

Joey blieb wie angewurzelt auf der Treppe stehen. Draußen hatte etwas gemuht. Eine Kuh. Eine sehr laute Kuh.

Muuuh!

Da war es wieder; es klang wie ein brünstiges Tier. »Was um Himmels willen ist das?«, rief Joey und eilte zu ihren Freunden. Jen und Dawson starrten aus der Haustür.

»Das wirst du nicht glauben«, sagte Jen. »Sieh nur!«

Joey spähte hinaus. In der Einfahrt parkten zwei riesige Offroader. Der eine war knallrot, der andere schwarz-weiß wie eine Kuh lackiert. Um das Styling des Gefährts perfekt zu machen, waren auf der Motorhaube echte Hörner angebracht. *Muuuh!* Das als Tier verkleidete Fahrzeug hatte natürlich auch eine tierische Hupe.

Nun stiegen die zwei dicksten Männer, die Joey je gesehen hatte, aus der Kuh auf Rädern. Zwei weitere, ebenfalls wahre Riesen, standen an dem roten Fahrzeug. Eigentlich waren sie mehr als riesig. Gewaltig. Enorm. Sie sahen aus, als brächte jeder an die zweihundert Kilo auf die Waage, und der Größte von ihnen mochte noch mal gut hundert mehr drauf haben. Und keiner von ihnen war kleiner als zwei Meter.

»Sehen aus wie die Verteidiger der New England Patriots«, murmelte Dawson. »Kein Wunder, dass sie gefragt haben, ob die Betten stabil sind.«

»Die Sumo-Brüder«, sagte Joey. »Glaubt ihr, das sind professionelle Sumo-Ringer? Allerdings sehen sie nicht sehr japanisch aus!«

Der Dickste von den vieren entdeckte Joey und ihre Freunde zuerst in der Tür. Er winkte ihnen freundlich zu. »Hallo!«, rief er. »Wir sind die Berühmten Fliegenden Sumo-Brüder. Schön, hier zu sein!«

Joey winkte zurück.

»Wow!«, ließ sich Pacey vernehmen. »Joey, ich hoffe, du hast für morgen ausreichend Pfannkuchen vorgesehen.«

»Lass uns nicht einfach nur rumstehen, Dawson.« Jen stieß ihn mit dem Ellbogen an. »Wir sollten doch helfen.«

»Richtig«, stimmte Dawson ihr zu. »Wir helfen ihnen mit dem Gepäck. Allerdings sehen sie nicht so aus, als bräuchten sie dabei Hilfe.«

Bis die drei bei den Sumos angekommen waren, holten die bereits ihre Taschen aus den Fahrzeugen.

»Ich bin Joey Potter.« Joey streckte dem Dicksten ihre Hand entgegen. Er schüttelte sie; seine Hand war mindestens viermal so groß wie ihre. »Willkommen in *Potter's Bed and Breakfast.* Wir tun alles, was wir können, um Ihnen einen angenehmen Aufenthalt zu bereiten.«

»Hallo, Joey, ich bin Fred Malamala, besser bekannt als Freddie Sumo«, sagte er und grinste sie breit an. »Von Maui, dem Himmel auf Erden. Schon mal da gewesen?«

»Bedaure, nein.«

»Da musst du mal hin, dann wirst du sehen, was ich meine.«

Joey stellte rasch Dawson und Jen vor.

»Spricht jemand von euch Japanisch?«, fragte Fred.

»Leider nein«, entgegnete Joey verwirrt.

»Wir auch nicht«, sagte Fred und lachte herzlich. »Das ist

ein Witz, Mann! Wisst ihr, wir nennen uns die Berühmten Fliegenden Sumo-Brüder, weil wir alle so dick sind.«

»Ich verstehe«, sagte Joey, obwohl sie so ziemlich gar nichts verstand.

»Wir sind gar keine Sumo-Ringer, nicht einmal *WWF*-Wrestler. Nur übergroße amerikanische *Slam Poets*, die den Massen schöne Worte bringen. Jungs, lernt unsere Gastgeber kennen!« Die anderen drei ließen ihre Taschen fallen und kamen herüber.

»Joey, Jen, Dawson, das sind die Sumos Ike, Mike und Elvis«, stellte Fred vor. Joey bemerkte, dass Elvis sie beäugte, als hätte er sie am liebsten zum Nachtisch. Er trug die passende Frisur zu seinem Namen: mit Pomade zurückgekämmtes Haar und lange schwarze Koteletten.

»Und ihr seid *Slam Poets*?«, fragte Dawson.

»Die vier größten Dichter Nordamerikas«, sagte Fred stolz. »Wenn man nach dem Gewicht geht, nicht nach der Berühmtheit. Wenigstens noch nicht.«

»Verzeiht meine allzu unwissende Unwissenheit«, sagte Pacey, »aber was bitte ist ein *Slam Poet*?«

»Wir machen so was wie Rap, weißt du. Reime über Themen, für die sich die Leute interessieren, aber ohne dass man die Musik zur Untermalung von jemand anderem klaut«, erklärte Ike.

»Die Beatniks haben in den Fünfzigern damit angefangen«, fügte Mike hinzu. »Wisst ihr, in den Kaffeehäusern. Ziemlich cool.«

»Wir haben eine ganz besondere Variante auf Lager«, sagte Fred. »Wir machen's wie beim Tagwrestling: Zwei gegen zwei, die sich immer abwechseln. Ist ziemlich klasse.«

Elvis zeigte auf Joey. »Du bist auch ziemlich klasse, *Pretty Mama*.«

Pacey kratzte sich am Kinn. »Ich rate mal wild drauflos: Du bist Elvis-Imitator, richtig?«

Elvis hatte noch immer den Blick auf Joey gerichtet.

»Lange Geschichte. Ich könnte sie dir später ins Ohr flüstern, wenn du willst.«

»Ach, ich werde später viel zu tun haben«, brachte Joey heraus.

»Vielleicht tut mir meine Frage noch Leid«, sagte Jen, »aber wie habt ihr vier euch kennen gelernt?«

»Bei einem Gewichtheber-Wettbewerb«, sagte Fred. »Das war vor drei Jahren und da fanden wir heraus, dass wir alle Dichter sind. Also haben wir vor zwei Jahren die Gruppe gegründet. Wir treten in Kaffeehäusern auf, auf dem Collegecampus – aber am liebsten in Grundschulen. Wir wollen den Kids zeigen, dass man kein schmächtiges Männchen sein muss, um das geschriebene und gesprochene Wort zu lieben. Wir nennen uns zum Spaß ›die Sumos‹.«

»Aber wir tragen keine Windeln auf der Bühne wie die Sumo-Ringer«, fügte Ike hinzu.

»Gut zu wissen«, meinte Jen und machte ein ernstes Gesicht.

»Wir haben gerade eine Tour durch die Schulen im Nordosten gemacht«, erzählte Fred. »Und unser Elvis hier kommt aus Wisconsin. Er hat noch nie das Meer gesehen, ganz zu schweigen von einem Wal, also haben wir beschlossen, nach Capeside zu kommen. Ist bestimmt witzig – und das ist kein fetter Witz.«

»Wir freuen uns, dass ihr hier seid«, sagte Joey. »Dann tragen wir mal eure Taschen rein.«

Sie wollte nach einer großen Tasche greifen, aber Elvis schnappte sie sich zuerst. Er nahm sie unter den einen Arm und Joey unter den anderen. »Und welche Ladung kommt in mein Zimmer?«, witzelte er.

»Absetzen«, stieß Joey mit zusammengebissenen Zähnen aus. »Sofort!«

»Sorry, *Pretty Mama.*« Elvis setzte Joey ab. »Ich hab nur Spaß gemacht.«

Joey musste sich sehr beherrschen, um Elvis nicht zu verraten, was genau sie von seiner Art von »Spaß« hielt. Es gelang ihr sogar, ihn anzulächeln. »Hochheben der Gastwirtin verboten! Nach euch!« Joey zeigte auf die Haustür. Die anderen Sumos nahmen ihr Gepäck und folgten Elvis.

Als sie ins Haus kamen, ging Joey voran. Elvis kam ihr hinterher. »Ich hoffe, ich bin nicht zu weit gegangen.«

»Ein wenig schon«, entgegnete Joey.

»Vergibst du mir?«

Joey nickte, als sie die Tür zu seinem Zimmer öffnete. »Da ist eine Gepäckablage für den Koffer.«

»Danke.« Elvis setzte ihn ab. »Also, vielleicht können wir beide uns später zusammentun. 'ne Runde im Muh-Mobil drehen. Ich habe einen Wahnsinns-CD-Spieler da drin. Und hinten alles mit Matratzen ausgelegt.«

Von der Tür erklang schnaubendes Lachen. Es war Jen, die natürlich Elvis' Angebot mitbekommen hatte. »So ein Angebot kannst du nicht ablehnen«, sagte sie zu Joey und versuchte, ein ernstes Gesicht zu machen.

Joey errötete. »Hör mal, Elvis, ich will ja nicht unhöflich sein, aber ich bin gerade nicht auf der Suche nach irgendeiner Art von engerem Verhältnis.«

Elvis nickte. »Ganz wie du willst, Baby.«

»Gut. Dann haben wir uns also verstanden.« Sie öffnete die Tür zum Badezimmer. »Unter dem Waschbecken sind noch mehr Handtücher, wenn ihr welche braucht.«

»Willst du nicht später vorbeikommen und mir den Rücken schrubben?«, fragte Elvis anzüglich.

Joey war nach Schreien zumute. »Habe ich nicht gerade gesagt, dass ich an engeren Verhältnissen nicht interessiert bin?«

Elvis zuckte mit den Schultern. »Muss ja nicht eng sein.«

In dem Moment kam Fred herein und warf seinen Koffer auf eins der Betten. »Elvis, nervst du diese nette junge Dame schon wieder?«

»Ich habe ihr ein Angebot gemacht, das sie gar nicht ausschlagen kann«, meinte er grinsend.

Jen platzte vor Lachen. Joey beschloss, Elvis einfach komplett zu ignorieren. Mit ihm zu diskutieren hatte gar keinen Zweck. Sie ging zur Tür. »Wenn ihr etwas braucht, zögert nicht, es mich wissen zu lassen.«

»Du weißt, was ich brauche!«, rief Elvis, als Joey die Tür schloss.

Sie lehnte sich gegen die Wand und stöhnte. »Ein brünstiger Elvis ist genau das, was mir zu meinem Glück noch gefehlt hat.«

Jen gab eine gelungene Elvis-Imitation zum Besten. »Du bist unwiderstehlich, *Pretty Mama*«, sagte sie und zog die Oberlippe hoch.

»Dafür kann ich mir auch nichts kaufen.« Joey kochte vor Wut. »Noch eine einzige Anmache von Mister Graceland und ich werfe die Wirtinnen-Schürze hin und ziehe Boxhandschuhe an!«

3

»Donnerschlag! Mehr fällt mir dazu nicht ein!«, rief Pacey aus, als er sich das überladene Boot ansah. Von Bug bis Heck stapelten sich Videoausrüstung, Gepäck, Sportzubehör und noch nicht ausgepackte Hochzeitsgeschenke. »Diese Leute sind gar nicht *miteinander* verheiratet worden; sie wurden beide mit einem riesigen Einkaufszentrum verheiratet!«

Dawson nickte und rieb seine Arme, um sich aufzuwärmen. Es war kalt geworden und Wolken zogen auf; es drohte sogar zu regnen. »Gibt irgendwie dem Wort Prestigekäufe eine ganz neue Bedeutung. Aber sprich nicht so laut. Das liebende Paar ist bereits in Rufweite. Und wie man ruft, wissen die beiden definitiv.«

Er sah zum Wasser hinunter, wo in diesem Augenblick Patrick und Candace altes Brot an eine Herde Kanadagänse verfütterten, die am entlegenen Ende des Potterschen Anwesens gelandet waren. Patrick war ein gut aussehender sportlicher Typ und Candace hatte das Aussehen der jungen Eva Marie Saint in *Die Faust im Nacken*. Nur reicher. Sehr viel reicher. Offensichtlich war Patricks Hintergrund bescheidener. Und offensichtlich gab es bei den frisch Vermählten bereits erste Meinungsverschiedenheiten. Jedenfalls hatten sie sich böse angefunkelt, als sie in der Pension eingetroffen waren.

Aber nun, da Frieden – echt oder gespielt – herrschte, flitzte Alexis um sie herum und filmte sie für die Nachwelt. Candace lehnte sich an Patrick und er hüllte sie in seine

Schaffelljacke und küsste sie auf ihren perfekt frisierten Bubikopf. Alexis fing den Moment für die Ewigkeit ein.

»Ich glaube, das habe ich schon mal im Romanzen-Kanal gesehen«, überlegte Pacey.

»Kaum zu glauben, dass du so was einschaltest«, sagte Dawson.

Pacey zuckte mit den Schultern. »Du weißt doch, wie sehr Deputy Doug eine gute Liebesgeschichte zu schätzen weiß.«

Dawson schüttelte nur den Kopf. Seit Jahren machte Pacey Witze darüber, dass sein älterer Bruder Doug schwul sei. Aber so viel Dawson wusste, entsprach das ganz und gar nicht der Wahrheit.

Eine Stunde später waren die Sumo-Brüder in ihren Zimmern untergebracht. Bis dahin gab es noch keine Anzeichen für kaputte Springfedern. Als die Frischvermählten eingetroffen waren und Joey ihnen erklärt hatte, wo sie schlafen würden, hatte Patrick Joey die Ohren vollgejammert, weil er nicht in einem Haus auf der anderen Seite der Bucht untergebracht sein wollte. Er wolle für seine Braut alles ganz perfekt haben, hatte er gesagt. Aber als Dawson darauf hinwies, was für einen spektakulären Ausblick sie von ihrem Fenster auf den Sonnenuntergang haben würden, beruhigte sich Patrick wieder.

Nun überlegten Dawson und Pacey, wie sie die drei Leute und ihre zahlreichen Gepäckstücke über die Bucht bringen sollten. Mit nur einer Fahrt war das gewiss nicht machbar.

»Wenn ich je heirate und beschließe, einen Film von meinen Flitterwochen zu machen«, meinte Pacey zu Dawson, »gebe ich dir hiermit die Erlaubnis, mich für unzurechnungsfähig erklären zu lassen.« Er sah zu dem Paar hinüber. »Wie alt sind die beiden wohl?«

Dawson zuckte mit den Schultern. »Ich weiß nicht. Jung. Wirklich jung. Neunzehn, zwanzig vielleicht?«

»Zwanzig«, sagte eine Stimme hinter ihnen. Jen.

»Hey«, begrüßte sie Dawson. »Hast du etwa gefragt?«

»Jawohl. Und Alexis ist achtzehn – diese Information hat sie übrigens ganz freiwillig rausgerückt.« Jen sah zu ihr hinüber. »Sie ist süß in ihrem ekelhaften Bemühen, wie eine Künstlerin zu wirken, findet ihr nicht?«

Dawson beobachtete das Mädchen, das um das Paar herumsprang. Ihr Haar glänzte in der Sonne des späten Nachmittags, schmiegte sich in einer perfekten Linie an ihr Kinn, und er bemerkte, zum wiederholten Mal, wie außergewöhnlich sie war. Sie war sehr schlank und hatte eine makellose weiße Haut. Als sie sich zuvor die Hand geschüttelt hatten, waren ihm ihre kornblumenblauen Augen aufgefallen, die so gut zu ihrem blauen Kaschmirpullover passten.

»Sie sieht toll aus«, sagte Dawson.

Jen machte ein abschätziges Geräusch. »Dawson, Dawson, Dawson. Du hältst eine Frau schon für stilvoll, wenn sie sich nur eine Perlenkette umhängt.«

»Du hast doch gerade gesagt ...«, setzte Dawson an.

»Sarkasmus, Dawson«, sagte Jen. »Ein Substantiv, steht im Wörterbuch. Schlag mal nach!«

»Sind wir vielleicht ein wenig gereizt?«, fragte Pacey. »Was ist dir denn für eine Laus über die Leber gelaufen?«

»Das Mädchen hat mir einfach auf den ersten Blick missfallen«, gab Jen zu. »Vielleicht wegen ihrer verblüffenden Ähnlichkeit mit Kathie Lee Gifford mit dunkler Perücke.«

Pacey fuhr zusammen. »Der Todesstoß!«

»Aber jetzt los, ihr beiden!«, fuhr Jen fort. »Denn die Frau Professor ist gerade mit ihren Enkeln aufgekreuzt und sie müssen auch noch mit dem Boot rüber. Joey und Andie versuchen zu kochen, und ich beschäftige währenddessen die Gäste ein bisschen. Also bewegt euch, okay?«

»Aye-aye.« Pacey salutierte. »Aber darf ich hinzufügen, dass ich dich nicht für den Typ Frau halte, der gut mit Enkelkindern spielen kann?«

»Da kennst du mich aber schlecht«, entgegnete Jen zuckersüß und machte auf dem Absatz kehrt. Als sie Richtung Haus marschierte, rief sie Pacey noch über die Schulter zu:

»Besonders, da diese Enkelkinder männlich sind, achtzehn und ein echter Knaller.«

Dawson kratzte sich am Kinn. »Glaubst du, sie hat jemals einen von uns als echten Knaller bezeichnet?«

»Auf wie viele Arten kann man nein sagen?«, entgegnete Pacey. Er zog sich den Jackenkragen hoch. »Es ist ziemlich kalt hier draußen, mein Freund. Wie wäre es, wenn du den ganzen Kram rüberbringst, auslädst und wieder zurückruderst? Dann kannst du die vier zu dir nach Hause bringen.«

Dawson sah das überquellende Boot zweifelnd an. »Und den Krempel allein ins Haus schleppen?«

»Nimm es einfach als Gratistraining«, schlug Pacey vor. »Du weißt doch, wie sehr die Mädels auf Männer mit Muskeln stehen.«

»Du bist echt rückschrittlich, Pacey.«

Pacey nickte. »Danke.«

Kurze Zeit später schnaufte Dawson kräftig, denn er musste auf seiner Seite der Bucht mehrmals vom Dock zum Haus hinauf- und zurücklaufen, bis er die ganzen Sachen der Frischvermählten und die Filmausrüstung oben hatte. Trotz des kalten Windes, der aufgekommen war, schwitzte er. Er musste lange gebraucht haben, denn bei seinem letzten Gang sah er, dass Pacey bereits die Whites und ihr Gepäck hinüber zu Jens Haus ruderte.

Dawson warf rasch einen prüfenden Blick auf die beiden Jungen. Okay, sie sahen gut aus. Na und?

»Das war's«, verkündete Dawson, als er die letzten Taschen ins Haus trug. Patrick, Candace und Alexis saßen derweil bequem auf der Verandaschaukel und den Stühlen und tranken Limonade, die Dawson ihnen gebracht hatte. »Dann gehen wir jetzt mal hinein und ich zeige euch die Zimmer.«

»Ich warte hier, wenn es dir nichts ausmacht«, sagte Alexis.

»In Ordnung«, meinte Dawson. »Es dauert nicht lange.

Patrick, Candace, wenn ihr mir folgen wollt?« Er öffnete die Tür und sie betraten nach ihm das Haus.

»Schön hier«, kommentierte Patrick und sah sich die fröhliche Tapete an. »Gemütlich. Findest du nicht, Candace?«

»Es ist sehr hübsch«, pflichtete sie ihm bei.

»Danke.« Dawson führte sie zur Treppe. Es kam ihm merkwürdig vor, dass dieses Paar, das er gerade erst kennen gelernt hatte, im Schlafzimmer seiner Eltern nächtigen sollte.

»Das ist doch viel schöner als Camping, nicht wahr?«, fragte Candace und sah sich um, als Dawson sie nach oben geleitete.

»Na ja, nicht gerade wie in der Waldhütte meines Vaters hier«, stimmte Patrick zu, aber er schien nicht allzu glücklich darüber. »Weißt du, Dawson, ich wollte in unseren Flitterwochen eine Angeltour zu einer Hütte am Moose River unternehmen. Aber meine Braut hat mir einen Strich durch die Rechnung gemacht.«

»Patrick, das ist privat«, ermahnte ihn Candace. »Ich wollte lediglich in den Flitterwochen an einem Ort sein, wo man auch mal duschen oder baden kann.«

»In der Hütte gibt es einen Holzofen«, protestierte Patrick. »Es ist ganz einfach, Wasser heiß zu machen. Worüber regst du dich eigentlich auf? Das ist doch keine private Information.«

»Für mich schon«, entgegnete sie.

Was für ein glückliches Paar!, dachte Dawson.

»Ich bin sicher, ihr werdet eine sehr schöne Zeit hier in Capeside verbringen«, sagte er diplomatisch. »Das Wochenende der Wale ist immer ein großer Spaß. Und wenn ich irgendetwas tun kann, um euren Aufenthalt hier noch angenehmer zu machen, zögert nicht, mich zu fragen.«

Joey wäre stolz darauf, wie schön er diesen Satz heruntergebetet hatte.

»Jedenfalls«, meinte er, als sie vor dem Zimmer seiner Eltern angekommen waren, »schlaft ihr hier.«

Er öffnete die Tür – und im selben Moment fiel ihm die Kinnlade runter. Der Raum war wie verwandelt. Da waren zwei Sträuße frischer Blumen – einer auf einem Nachttisch, der andere auf dem Tisch nah am Fenster zur Bucht. Auf dem zweiten Nachttisch stand sogar ein Obstkorb. Und in einem Eiskühler auf dem Boden neben dem Bett wartete eine Flasche sprudelnder Cidre.

»Wie wunderhübsch!«, rief Candace aus. »Dawson, warst du das?«

Ganz bestimmt nicht. Seine Mutter musste es gemacht haben. Aber sie war so beschäftigt im Restaurant, dass sie nicht einmal nach Hause gekommen war. Wer konnte es also getan haben?

»Wir wollen, dass ihr euch immer an den Aufenthalt in Capeside erinnert«, brachte Dawson als Antwort hervor.

»Ich bin sicher, dass Patrick und ich eine wunderbare Zeit hier haben werden.« Sie lächelte ihn warm an. »Vielen Dank!«

Dawson erwiderte das Lächeln. In diesem Augenblick konnte er genau verstehen, warum sich Patrick in sie verliebt hatte.

»Wow, Dawson! Ihr kriegt ja sogar den neuen Sportkanal!«, rief Patrick begeistert. Er hatte die Fernbedienung entdeckt und zappte durch die Fernsehsender. »Wahnsinn.« Candace biss sich auf die Unterlippe und schwieg, aber Dawson merkte, dass sie gekränkt war.

In meinen Flitterwochen, dachte Dawson, wäre das Letzte, woran ich denke, Sport im Fernsehen.

Aber dann stellte Patrick den Fernseher ab und umarmte seine Braut. Vielleicht war er ja gar nicht so übel. Sacht legte er den Zeigefinger unter ihr Kinn, um sie zu küssen.

»Nun, dann lasse ich euch mal allein«, meinte Dawson. »Mein Freund Pacey rudert das Boot zu den Potters. Wenn ihr also rüberwollt, geht einfach ans Dock und winkt, okay? Keine Sorge, bisher ist noch niemand ertrunken.«

Das Paar war zu beschäftigt zum Antworten.

Dawson fand Alexis auf der Veranda. Sie rauchte. »Wie schön, dass du wieder da bist«, sagte sie und ließ einen perfekten Kringel Rauch aufsteigen.

»Sorry, dass es etwas länger gedauert hat.« Er wedelte den Zigarettenrauch weg. »Willst du jetzt dein Zimmer sehen?«

»Da es hier draußen bestimmt schon unter null ist, ja.« Sie nahm noch einen letzten tiefen Zug von ihrer Zigarette, ließ die Kippe fallen und trat sie auf dem Boden aus.

»Es tut mir Leid, aber dies ist ein Nichtraucher-Haus«, erklärte ihr Dawson.

Sie starrte ihn an. »Du machst wohl Witze!«

»Wenn ich Witze machen wollte, würde ich was Lustiges sagen«, entgegnete Dawson in ernstem Tonfall.

»Also gut, ist ja auch egal.« Sie warf einen Blick auf ihren ledernen Schrankkoffer, der klar bedeutete, dass Dawson ihn tragen sollte. Was er auch tat. »Folge mir bitte!«

Und sie folgte ihm. Die Treppe hinauf in Dawsons Zimmer. Oben angekommen öffnete Dawson die Tür und legte ihren Koffer neben dem Schrank auf den Boden. Sie machte sofort die Schranktür auf. »Wessen Kleider sind das denn?«, fragte sie.

Er hatte alle seine Klamotten auf eine Seite geschoben, damit genug Platz für ihre Sachen war, aber herausgenommen hatte er sie nicht.

»Meine«, entgegnete er.

Sie grinste und zog die Lippe hoch. »Interessant. Gibt es dich zu dem Zimmer dazu?«

Dawson musste lachen. »Nein, und das ist ein großes Glück für dich.«

Sie legte den Kopf schräg und sah ihn an. »Und warum ist das ein großes Glück für mich?«

Sie flirtete mit ihm, dämmerte es Dawson. Wenigstens glaubte er das. Warum gab es kein Handbuch für Gelegenheiten wie diese?

»Das musst du mir einfach glauben«, sagte Dawson. »Also, wenn es etwas gibt, das du brauchst ...«

»Da muss ich gleich an eine Zigarette denken.«

»Tut mir Leid.«

Sie verschränkte die Arme und sah sich um. »Ich vermute, dies ist dein Schlafzimmer.«

»Treffer beim ersten Versuch.«

Sie prüfte mit der Hand die Matratze. »Federt gut. Schon mal ausprobiert?«

Dawson wurde rot. Meinte sie ... oder waren seine fiebrigen Hormone nur mal wieder auf der Überholspur? Und das angesichts einer Frau, die er, dessen war er jetzt sicher, nicht einmal mochte?

Höchste Zeit für einen Themenwechsel. »Du gehst also aufs College?«, fragte er.

Sie setzte sich auf sein Bett und schlug die Beine übereinander. »Aufs Bryn Mawr. Das ist mein Erbe.«

»Dann ist deine Mutter also auch schon dort gewesen?«

Sie nickte. »Und Trillionen von Generationen vor ihr ebenfalls. Jeder kennt die Familie von jedem. Absolut inzestuös, das Ganze. Daher kennt Candaces Mutter wohl auch meine.«

Dawson verschränkte die Arme vor der Brust. »Wenn es dir nicht gefällt, warum gehst du dann hin?«

Sie lachte. »Diese Frage würdest du nicht stellen, wenn du meine Mutter kennen würdest. Hör mal, kann ich nicht doch eine klitzekleine Zigarette rauchen, ohne in die Kälte zu müssen? Ach, bitte! Bittebitte!«

»Tut mir Leid. Meine Eltern haben es vor langer Zeit so beschlossen«, sagte Dawson. »Und es ist ihr Haus.«

Sie seufzte. »Ich muss sowieso aufhören. Aber es hält mich vom Essen ab.«

»Essen ist doch gar nicht schlecht«, meinte Dawson. »Vieles, was ich am Leben mag, wird auf einem Teller serviert.«

Sie warf den Kopf zurück und lachte. »Du bist echt zum Schreien, Dawson Leery. Ich werde vielleicht meine Videokamera auf dich richten müssen.«

»Nicht, wenn ich meine zuerst auf dich richte.«

Sie zog erstaunt die Augenbrauen hoch. »Wie meinst du das?«

»Du bist nicht die Einzige hier, die mit einer Kamera umgehen kann.«

»Oh, ein Filmemacher?« Sie sah ihn belustigt an. »Und ich hatte dich für einen ganz normalen Jungen von der High School gehalten!«

»Das schließt sich nicht unbedingt aus.« Dawson ging zur Tür. »Lass mich wissen, wenn du etwas brauchst. Solange es nichts mit Rauchen zu tun hat.«

Oder der Federung meiner Matratze, fügte er in Gedanken hinzu, als er die Tür hinter sich schloss. Das Fleisch mochte schwach sein, doch der Geist konnte das Mädchen nicht ausstehen.

4

»Hallo! Herzlich willkommen zum Eröffnungsdinner des Capesider Wochenendes der Wale! Hallo! Herzlich willkommen zum Eröffnungsdinner des Capesider Wochenendes der Wale ...«

Andie und Jen standen rechts von der Eingangstür des Feuerwehrhauses und gaben sich alle Mühe, die ankommenden Gäste fröhlich zu begrüßen. Gegenüber taten Emily LaPaz und Kiki Greenblatt dasselbe. Alle vier hatten sich freiwillig für den Job gemeldet, dafür zu sorgen, dass alle auswärtigen Gäste zufrieden waren und sich willkommen fühlten.

Es war ein mühseliges Unterfangen. Ein Sturm war aufgezogen und es regnete in Strömen. Also musste das Dinner im Innern des nicht sehr geräumigen Feuerwehrhauses stattfinden anstelle draußen auf der Straße davor. Ms. Thatcher, eine professionelle Event-Managerin aus Boston, die eigens von der Handelskammer angeheuert worden war, um das Wochenende der Wale zu organisieren, sah mit grimmigem Gesicht hinaus in den Regen.

»Man könnte meinen, das schlechte Wetter sei ein persönlicher Affront gegen sie«, sagte Andie zu Jen.

»Es wird wirklich ziemlich voll hier drinnen«, bemerkte Jen. »Wenn wir nur die Türen offen lassen könnten, damit die Leute rein- und rausspazieren ...«

»Aber das können wir eben nicht«, unterbrach sie Andie schulterzuckend. »Ich schlage vor, wir machen einfach das Beste daraus.«

Über hundert Menschen drängten sich bereits im Feuerwehrhaus, die meisten davon standen Schlange vor dem Büfett. Gale, Mitch und zwei Dutzend andere Freiwillige kümmerten sich um das leibliche Wohl der Gäste, räumten Tische ab und füllten die Schüsseln wieder auf. Die Helfer und Helferinnen trugen blau-weiße T-Shirts mit der Aufschrift »Ich hab mich walmäßig gut in Capeside amüsiert!«.

Andie drehte sich zu einem jungen Paar um, das Hand in Hand hereingeschlendert kam. »Hallo! Willkommen zum Eröffnungsdinner des Wochenendes der Wale!«

»Hallo«, sagte der gut aussehende Typ jovial. »Hier tobt ja der reinste Orkan, was?«

»Pech mit dem Wetter«, pflichtete ihm Jen bei. »Ihr seid Patrick und Candace, richtig? Ich bin Jen Lindley. Wir haben uns …«

»Entschuldigung, ich brauche diese Einstellung«, ertönte plötzlich eine gebieterische Stimme von hinten. Alexis schob sich mit der Videokamera am Auge vor Jen und zwang sie mit einem Hüftkick zur Seite.

»Du brauchst uns wirklich nicht die ganze Zeit zu filmen«, sagte Candace. Ihr war Alexis' Benehmen sichtlich peinlich.

Doch Alexis drehte einfach weiter. »Deine Eltern haben mich dafür bezahlt, dass ich ein erstklassiges Video für euch mache. Und dazu brauche ich so viel Material wie möglich.«

»Oh, es tut mir ja so Leid, dass ich deinem kreativen Meisterstück im Weg war«, bemerkte Jen sarkastisch. Sie lächelte Patrick und Candace an. »Drinnen gibt es ein wunderbares Büfett. Also, bedient euch einfach!«

Die beiden bedankten sich bei Jen und gingen hinein, Alexis mit der Kamera hinterher. Kiki Greenblatt zog ein Gesicht. »Besonders nett ist die nicht gerade, oder?«

»Sie erinnert mich viel zu sehr an die Mehrheit der Mädchen im Internat«, sagte Jen und schüttelte sich. »Irgendwann in ihrem Leben haben sie den Eindruck bekommen, dass sich die ganze Welt nur um sie dreht.«

Kiki beobachtete Alexis nachdenklich. »Aber sie ist wirklich hübsch. Du weißt schon, auf diese unglaubliche Reiche-Mädchen-Art.«

»Vertrau mir, Kiki«, meinte Jen, »das wird absolut überschätzt und ist weitgehend Show.«

»Ich möchte zwei von euch nach drinnen abkommandieren und die anderen beiden an der Tür lassen«, sagte Ms. Thatcher, die aus dem Nichts aufgetaucht war und nervös an den Perlen ihrer Halskette fingerte. »Ich höre, wie die Leute sich beschweren, dass für das ganze Wochenende schlechtes Wetter vorausgesagt ist. Offenbar reden sogar schon einige davon, früher abzureisen. Wer von euch hat den meisten Charme?«

Jen zuckte mit den Schultern. »Ich bin notorisch charmelos.«

Ms. Thatcher nickte. »Ausgezeichnet, deine Schlagfertigkeit. Hier gibt es viele kultivierte Leute, denen das vielleicht gefällt. Also, du und du!« Sie nickte mit dem Kopf in Richtung von Jen und Andie.

»Viel Spaß!«, rief Emily ihnen nach, als sie sich einen Weg durch die Menge bahnten.

»Seid angenehm, aufgeweckt und nett zu jedem«, wies Ms. Thatcher die Mädchen an, bevor sie davonrauschte.

»Bei derartigen Instruktionen fühlt man sich ja wie beim Miss America-Wettbewerb. Da wird sofort mein natürlicher Witz-Reflex aktiviert«, bemerkte Jen.

»Ich würde sagen, für das Wohl von Capeside imitieren wir beide Miss Angenehm, so gut wir können.« Andie setzte ein strahlendes Lächeln auf und marschierte entschlossen an einen der langen Tische. »Hallo, ich bin Andie McPhee und ich bin ...«

»... wunderschön«, beendete ein Typ, der siebzehn oder achtzehn sein mochte, ihren Satz. Er sah sehr gut aus, mit seinem dunklen Haar und den dunklen Augen; er hätte der jüngere Bruder von Ben Affleck sein können.

Und er hatte gerade gesagt, sie sei schön.

»Ich wollte sagen, dass ich eine der Hostessen bin«, erklärte Andie und errötete leicht. »Nicht, dass ich das Kompliment nicht zu schätzen weiß – das tue ich schon. Allerdings bin ich nicht unbedingt deiner Meinung. Ich meine, ich bin nicht wirklich hässlich, aber andererseits ...«

Der Typ streckte Andie die Hand entgegen, um ihren Redeschwall zu unterbrechen, und lachte. »Schön und witzig, das ist die beste Kombination. Ich bin Jonathan White.« Er nickte in Richtung der älteren Dame, die neben ihm saß. »Und das ist meine Großmutter, Frau Doktor Dorothy White.«

»Hallo.« Sie nickte Andie kurz zu. Andie schätzte sie auf ungefähr siebzig. Ihr graues Haar war kurz und schick geschnitten, ihr Hosenanzug bestimmt von einem bekannten Designer.

»Freut mich, Sie kennen zu lernen«, sagte Andie.

Dann wies Jonathan mit dem Kopf über den Tisch. »Und da ist mein hässlicher Bruder Michael.«

»So was solltest du nicht von deinem Bruder ...« Andie hielt inne. Denn außer der Tatsache, dass er eine Sonnenbrille trug, sah der »hässliche« Bruder haargenau so aus wie Jonathan.

»Ich will ja nicht naseweis klingen, aber ihr seid bestimmt Zwillinge«, meinte Andie. »Und den Witz habt ihr schon öfter gemacht.«

»Schuldig«, bekannte Jonathan.

»Außer, dass ich meistens schneller bin und sage, dass er hässlich ist«, fügte Michael grinsend hinzu. »Möchtest du dich zu uns setzen?«

»Ich denke, ich sollte ...«

Jonathan holte bereits einen freien Stuhl vom Nebentisch herbei. Er klopfte auf die Sitzfläche.

Was blieb Andie also anderes übrig? Sie konnte ja nicht unhöflich zu zwei Typen sein, die wie die Brüder von Ben Affleck aussahen. Also setzte sie sich.

»Du lebst in Capeside?«, fragte Michael.

Andie nickte. »Ich bin in Rhode Island aufgewachsen, typische Vorstadtgeschichte, aber hier gefällt es mir wirklich gut. Es ist ein tolles Städtchen. Wart ihr schon mal zum Wochenende der Wale hier?«

»Ich hatte nie Zeit dafür«, sagte Dr. White ernst und nippte an ihrem Kaffee. »Und für meinen Geschmack ist es ein bisschen gewöhnlich hier.«

»Meine Großmutter ist Meeresforscherin«, erklärte Michael stolz. »Eine der führenden Walexpertinnen auf der Welt. Sie lehrt am Meeresforschungsinstitut in Provincetown.«

»Wie faszinierend«, sagte Andie.

»*Lehrte*, Vergangenheit wäre hier die richtige Verbform«, sagte Dr. White forsch. »Ich wurde ausrangiert wie ein altes Eisen. Aber ich will einfach nicht rosten.«

»Ist das nicht diskriminierend?«, meinte Andie. »Ich meine, wenn Sie eine Expertin sind, warum sollten sie ...«

»Das ist eine lange, unschöne Geschichte«, entgegnete Dr. White. »Und keine, die ich in diesem Augenblick erzählen möchte.« Sie sah auf ihre Uhr. »Es wird spät. Um wie viel Uhr versammeln wir uns morgen früh am Strand, um die Wale zu beobachten?«

»Frühstück gibt es bei den Potters ab sechs Uhr«, antwortete Andie, »bis acht.«

»Ach, komm, Dorothy, geh noch nicht«, bat Michael. »Es ist noch gar nicht so spät, und das weißt du.«

Andie blickte irritiert drein. »Hast du gerade deine Großmutter Dorothy genannt?«

Dr. White nickte. »Auf meinen Wunsch hin. Ich habe die Vorstellung, irgendwann einmal ›Oma‹ genannt zu werden, schon immer als ziemlich unerquicklich empfunden. Wenn ich das höre, drehe ich mich immer um und suche nach einer süßen alten Tante im Schaukelstuhl, die Socken strickt. Und ›Doktor White‹ können mich meine eigenen Enkel ja schlecht nennen.«

»Ich verstehe«, meinte Andie.

»Dorothy ist einmalig«, bemerkte Jonathan. In diesem Augenblick kamen Jen und ihre Großmutter herüber an den Tisch.

»Und wie geht es den Whites heute Abend?«, fragte Jen.

»Großartig«, sagte Jonathan. »Auf jeden Fall seit kurzem«, fügte er hinzu und warf Andie einen bedeutungsvollen Blick zu.

»Das ist ja ganz wunderbar!« Jen sah Andie mit hochgezogenen Augenbrauen an.

»Freut mich zu hören, dass Sie alle guter Stimmung sind«, sagte Grams. »Ich bin entzückt, Sie drei für das Wochenende als Gäste zu haben. Wenn ich etwas für Sie tun kann, geben Sie mir bitte Bescheid.« Und schon eilte sie von dannen, um andere Gäste zu begrüßen.

»Meine Großmutter genießt diesen Trubel in vollen Zügen«, vertraute Jen den anderen an. »Grams ist die geborene Gastwirtin.«

»Sie nennen Sie ›Grams‹?« Dr. White zog eine Grimasse.

»Ja.« Jen zuckte mit den Schultern. »Was ist daran so komisch?«

»Das ist eine lange Geschichte«, sagte Michael kichernd. Jen stützte sich auf den Tisch und lächelte ihn flirtend an. »Vielleicht möchtest du mir diese lange Geschichte in nicht allzu ferner Zukunft einmal erzählen?«

Dr. White erhob sich von ihrem Stuhl. »Ich lasse euch vier jetzt besser allein, damit ihr euren hormongesteuerten Säften folgen könnt, wohin sie auch führen mögen. Amüsiert euch gut!« Sie nickte ihnen zu und ging zur Tür.

»Hat sie gerade ›hormongesteuerte Säfte‹ gesagt?«, fragte Jen.

Jonathan nickte. »Man könnte sagen, sie hat eine sehr anschauliche Ausdrucksweise.«

»Mädchen! Andrea! Jennifer!«, rief Ms. Thatcher. Sie kam völlig aufgeregt an den Tisch gebraust. »Was ist hier los?«

»Wir unterhalten die Truppen, wie befohlen«, witzelte Jen. »Und wir heißen Andie und Jen.«

»Andie. Und Jen.« Ms. Thatcher verknotete ihre Finger. »Was ihr beiden im Augenblick tut, nennt man flirten und nicht begrüßen. Bitte macht die Runde unter den Gästen, wie es sich für liebenswürdige Hostessen gehört, die ihr doch bestimmt gerne sein wollt.«

»Ganz recht«, versicherte ihr Andie. »Dieser Tisch war auch nur die Überleitung zum nächsten.«

»Wunderbar«, sagte Ms. Thatcher und nahm bereits ein schreiendes Baby auf der anderen Seite des Raums ins Visier. »Ich wusste, ich kann mich auf euch verlassen. Bis später.«

»Die Pflicht ruft«, sagte Andie und stand auf.

»Sag mal, Michael«, fragte Jen kokett, »hast du etwas übrig für das klassische Flirten?«

»Kann man wohl sagen.«

Sie grinste ihn verschmitzt an. »Wir haben ganz schön viele Gemeinsamkeiten!«

Michael legte den Kopf schräg. »Also, Andie, hast du später Zeit?«

Andie fiel die Kinnlade runter. Er hatte *Andie* gesagt, nicht wahr? Jen Lindley hatte gerade offen einen Jungen angeflirtet, der aber lieber mit ihr, Andie flirten wollte. Faszinierend! Nicht, dass Andie sich nicht für ausreichend attraktiv hielt. Nur war es so, dass Jen mit ihren Kurven und dem sexy, selbstbewussten Auftreten in der Regel jeden Typen bekam, den sie wollte.

»Ich werde den ganzen Abend hier sein«, sagte Andie fröhlich, »und nach Leibeskräften liebenswürdig sein.«

»Super«, sagte Michael. »Dann sehen wir uns später.«

»Nicht, wenn ich sie zuerst sehe«, meinte Jonathan.

Schockiert trat Andie von dem Tisch zurück. »Also, dann lasse ich euch mal allein, damit ihr um mich kämpfen könnt«, sagte sie. »Bis nachher!«

Sie wirbelte herum und hüpfte beinahe auf das Büfett zu, so glücklich war sie. Jen heftete sich an ihre Fersen. Andie verdrückte sich hinter das Fass Krautsalat und half automatisch Mrs. LaPaz, Emilys Mutter, ihn zu verteilen.

»Ist das gerade wirklich passiert?«, fragte Andie Jen.

»Ist es«, bestätigte Jen. »Zwei Punkte für dich.«

»Die beiden Jungs sind doch eindeutig zwischen scharf und superscharf einzuordnen, oder?«

»Sind sie«, pflichtete ihr Jen bei.

Andie sah zu den Zwillingen hinüber. Jonathan winkte ihr zu. »Und korrigiere mich bitte, wenn ich falsch liege, aber haben nicht gerade beide mit mir geflirtet?« Sie ließ eine Portion Krautsalat auf den Teller eines Kindes fallen.

»Wieder richtig.«

»Ich will ja nicht darauf herumreiten«, fuhr Andie fort, »aber sie haben doch mit mir geflirtet statt mit dir, oder?«

Jen lächelte. »Du hast eine erstaunliche Beobachtungsgabe.«

»Beantworte mir bitte noch eine Frage: Warum? Sehen wir mal den Dingen ins Auge, Jen. Du bekommst die Jungs doch immer rum. Du willst sie, du kriegst sie. Aber diesmal hat es nicht funktioniert. Daher muss ich mich fragen, was mit diesen Jungs los ist. Ich meine, sind sie blind oder was?«

Jen nickte. »Halb richtig. Michael ist blind, Jonathan nicht.«

Andie schlug sich gegen die Stirn. »Die Sonnenbrille. Drinnen. Abends. Und ich hab gedacht, er will einfach cool sein. Du weißt schon, Hollywood-Allüren oder so.«

»Nein. Er ist blind.«

»Okay, jetzt fühle ich mich wirklich hundsmiserabel«, sagte Andie errötend. »Dass er blind ist, erklärt natürlich, dass er sich für mich und nicht für dich interessiert.«

»Du hast einfach nicht genug Selbstbewusstsein, Andie«, meinte Jen. »Abgesehen davon haben es beide auf dich abgesehen. Und nur einer ist blind.«

»Das stimmt wohl.«

»Hallo, die Damen! Amüsieren wir uns?«, fragte Pacey, der ein volles Fass gebackene Bohnen brachte und es gegen das leere austauschte.

»Wie heißt es doch so schön?«, flötete Jen. »Jedes Böhnchen gibt ein Tönchen!«

»Was für ein hübscher Reim«, kommentierte Pacey. »Lindley, warum heute so anzüglich?«

»Das liegt am Wochenende der Wale«, sagte Jen. Sie sah sich um. »Alles in allem würde ich sagen, es läuft ganz gut, nicht wahr?«

Das Feuerwehrhaus war pickepacke voll und die Leute schienen sich prächtig zu amüsieren. In einer Ecke baute gerade eine Band aus der Gegend ihr Equipment auf. Beim Capesider Romantik-Festival im Sommer hatten sich die T-Shirts, die zum Verkauf angeboten wurden, als Renner erwiesen. Also wurde auch diesmal eine Touristen-Version der T-Shirts, die Kiki und Andie trugen, verkauft. Eine lange Schlange Leute hatte sich bereits vor dem Stand aufgereiht, um ein solches Shirt mit der obligatorischen Aufschrift »Ich hab mich walmäßig gut in Capeside amüsiert!« zu erwerben.

»Angesichts von Überbelegung und rauem Wetter stimme ich zu«, sagte Pacey. »Aber wenn sich dieses Unwetter nicht bis morgen beruhigt, kann ich für nichts mehr garantieren.«

»Entschuldigen Sie, aber die Brötchen sind ausgegangen«, sagte eine Frau zu Pacey.

»Ich hole neue, Madam«, versprach ihr Pacey und marschierte zurück in die Küche.

»Mit dem Wetter hat er Recht«, räumte Jen ein. Es war deutlich zu hören, wie der Regen auf das Dach trommelte.

»Warten wir erst mal ab. Das Wetter können wir ohnehin nicht beeinflussen«, meinte Andie. »Und in der Zwischenzeit spielen wir noch ein bisschen Hostessen.«

Dawson packte benutzte Pappteller und Plastikgeschirr in einen riesigen Müllbeutel.

»Danke für deine Hilfe, Dawson«, sagte Mitch, der mit einem Tablett Nachtisch vorübergeeilt kam. »Hat deine Mutter den koffeinfreien Kaffee schon gebracht?«

»Ja, er steht da.« Dawson wies mit dem Kinn auf den Tisch mit den Süßspeisen. »Wird immer noch Essen serviert?«

»Ich glaube, es sind noch ein paar Leute draußen.«

»Dann räume ich da später auf.«

»Super, Dawson, und danke.«

In dem Moment schlenderte Alexis auf Dawson zu. Sie sah Mitch hinterher. »Sehr schön. Dein Dad scheint Sport zu treiben.«

»Das tut er.« Dawson sammelte weitere benutzte Teller zusammen.

»Und sein Sohn?«, fragte Alexis.

»Das steht auf meiner Aktivitätenliste nicht besonders weit oben.«

Alexis schob sich ihr glänzendes Haar hinter die Ohren. »Dann bist du von Natur aus gut gebaut?«

»Als gut gebaut würde ich mich nicht gerade bezeichnen.«

»Dann vertraue dem Urteil eines unparteiischen Beobachters«, sagte Alexis. Sie nahm die Videokamera hoch und begann ihn zu filmen. Dawson fiel auf, dass sie nun einen vorn geknöpften Pulli trug, dessen obere beiden Knöpfe offen waren und den Blick auf ein hauchdünnes Seidentop freigaben. Und darüber zarte Seidenhaut.

»Das solltest du nicht tun«, meinte Dawson. »Als Candaces Eltern dich engagiert haben, ein Flitterwochen-Video für ihre Tochter zu drehen, haben sie dabei bestimmt nicht an mich gedacht.«

»Dann werde ich dieses Material eben nicht für das Video verwenden. Ich benutze es nur zum persönlichen Gebrauch.« Sie senkte die Kamera. »Nur mal aus Neugier: Gibt es da hinten in der Küche noch irgendetwas Essbares?«

»Hattest du noch nicht genug?«, fragte Dawson.

»Ich sagte ›essbar‹«, bemerkte Alexis spitz.

»Ich verstehe. Clevere Art, die Küche abzuqualifizieren. Vielleicht schmeckt dir ja das Meeresfrüchte-Dinner morgen besser. Das Restaurant meiner Eltern liefert es und sie haben hervorragendes Essen.«

»Und wo ist die glückliche Frau, die jeden Abend mit deinem gut gebauten Dad ins Bett steigt?«

Dawson wischte sich die Hände an einem Geschirrtuch ab. »Ich will ja nicht unhöflich sein, Alexis, aber warum führen wir dieses Gespräch?«

Sie bedachte ihn mit einem verhangenen Blick. »Das nennt man Small Talk, Dawson. Und dann kommt der Big Talk. Und dann ... was auch immer.«

»Tut mir Leid, Alexis, aber das hier führt, glaube ich, nirgendwohin.«

Sie zog die Augenbrauen hoch. »Ist das so? Bist du schwul?«

»Das ist für dich der einzige Grund, warum ein Junge dich ablehnen könnte?«

»So ziemlich.«

»Interessante Ansicht.« Dawson beschäftigte sich weiter mit dem Müll.

Erneut richtete Alexis die Kamera auf ihn. »Ich wäre wirklich froh, wenn du damit aufhörst«, meinte er.

»Ich stelle mir dich ohne diesen Sweater und die Jeans vor«, gurrte sie hinter der Kamera. »Trägst du Boxershorts oder Slips drunter, Dawson?«

Dawson spürte, wie er rot wurde. Es brachte ihn schon genug aus dem Konzept, dass eine Kamera auf ihn gerichtet war und er nicht wie gewohnt dahinter stand. Er merkte, wie ihr die Kamera die Macht verlieh, alles zu sagen, was sie sagen wollte. Er kannte dieses Gefühl. Und es gefiel ihm nicht, auf der anderen Seite zu stehen.

»Ich würde dieses Gespräch gern beenden«, sagte Dawson schließlich. »Und ich bitte dich, mich nicht weiter zu filmen.«

Sie drehte weiter. »Warum, bist du schüchtern?«

»Bist du taub?«

Sie setzte die Kamera ab. »Wie frech!«

Dawson seufzte. Er wusste, er sollte ihr gegenüber nicht unhöflich sein. Schließlich war er im Moment Filialen-Gastwirt und wenn er sie vergrätzte, konnte das negativ auf *Potter's Bed and Breakfast* zurückfallen.

»Test, eins, zwei, drei, Test ...« Die Sängerin der Band, eine junge Frau mit einem Zopf bis zum Po, sprach immer wieder ins Mikrofon. Dawson bemerkte, dass Candace und Patrick Arm in Arm ganz vorn an der Bühne standen.

»Vielleicht solltest du dir jetzt wieder die Flitterwöchler vornehmen«, schlug Dawson vor und wies zu dem Paar hinüber.

Alexis lächelte Dawson cool an. »Du brauchst mir nicht zu sagen, wie man ein Video macht. Das kann ich sehr gut, Dawson. Wie alles, was ich tue.« Sie warf ihm einen bedeutungsvollen Blick zu und marschierte ab.

Puh! Dawson schleppte den vollen Müllsack in die Küche.

»Ich hab dich da draußen mit unserer hübschen Eiskönigin gesehen«, sagte Pacey, der gerade eine neue Packung Styroporbecher öffnete. »Chancen?«

»Null.«

»Irgendwie ist sie auf ihre eisige Art extrem sexy, findest du nicht?«

»Nein, Pacey, finde ich absolut nicht.«

»Mann, versuch doch mal einen armseligen kleinen Moment deiner Jugend, mit anderen Körperteilen als dem Kopf zu denken. Mach es wie ich, meine Fantasie ist der reinste Sündenpfuhl.«

»Ich glaube, mit Eve habe ich mehr getan als nur in Fantasien geschwelgt, wenn du dich erinnerst«, meinte Dawson. »Also werde ich diesmal passen.«

Pacey schlug ihm auf die Schulter. »Solange du sie in meine Richtung weitergibst, mein Freund ...« Und schon war er aus der Küche verschwunden.

Aus den Augenwinkeln bemerkte Dawson seine Mutter, die an der Edelstahltheke lehnte. »Mom? Alles in Ordnung?«

»Sicher, alles klar.« Sie lächelte ihn müde an.

Er betrachtete sie genauer. »Du siehst aber gar nicht gut aus, sondern ziemlich blass.«

»Mein Magen ist nur etwas in Aufruhr. Kannst du vielleicht eine neue Kanne Kaffee aufsetzen?«

»Natürlich.« Dawson maß das Kaffeepulver in die riesige Kaffeemaschine. Er hörte, wie im Saal die Sängerin ihre Band vorstellte.

»Ich bin Macey Adams und wir sind die Macey's Aces. Willkommen in Capeside! Wir möchten das Wochenende der Wale eröffnen, indem wir mit Ihnen singen, und wir hoffen, dass Sie alle mitmachen. Seien Sie nicht schüchtern! Betrachten Sie uns als Live-Karaoke-Band und kommen Sie herauf ans Mikrofon, wenn Sie Lust haben! Wir beginnen mit ›I get by with a little help from my friends‹.«

»Danke für deine Hilfe, Dawson«, sagte Gale und lächelte schwach. »Kannst du den Kaffee rausbringen, wenn er durchgelaufen ist?«

»Natürlich.«

Der Gesang drang bis in die Küche. Dawson wusste, dies war eins der Lieblingslieder seiner Mutter, aber sie stand nur da und hielt sich an der Theke fest.

»Vielleicht solltest du dich ein bisschen ausruhen, Mom.« Dawson holte einen Stuhl.

Sie setzte sich hin. »Das vergeht gleich wieder«, versicherte sie ihm. »Warum gehst du nicht nach draußen und hörst dir die Band an?«

»Gale? Bist du in Ordnung?« Mitch war gerade in die Küche gekommen. Rasch trat er zu ihr.

»Mir geht es gut, wirklich! Ihr könnt aufhören, um mich herumzuschleichen.«

»Ich schleiche ja gar nicht um dich herum«, widersprach ihr Mitch. »Es ist nur, dass du ...«

»Dawson, geh und amüsier dich!«, unterbrach ihn Gale. »Das ist doch albern.«

»Aber ...«

»Geh!«, wiederholte Gale. »Nicht nötig, so ein Getue zu machen, wirklich!«

Das Feuerwehrhaus rockte im Rhythmus der Beatles-Melodie. Der Gesang war lauter als der Regen auf dem Dach; die Leute schienen sich wirklich gut zu amüsieren.

Dawson dachte daran, Joey anzurufen und es ihr zu erzählen. Sie war zu Hause geblieben, um sich um ihre Schwester zu kümmern und alles für das morgige Frühstück vorzubereiten. Sie wäre bestimmt erleichtert zu hören, wie gut alles lief. Vielleicht würde das Wochenende ja doch noch ein großer Erfolg.

5

»Kau, kau, kau kau!«

Die Anfeuerungsrufe schienen von drinnen zu kommen. Dawson stand draußen unter einem Vordach und schnappte Luft. Es regnete immer noch, aber hier war es wenigstens nicht so heiß und feucht wie in dem immer noch rappelvollen Feuerwehrhaus.

»Kau, kau, kau, kau!«

Nein, die Rufe kamen gar nicht von drinnen. Hinter dem Gebäude wurde rumgebrüllt. Dawson ging um das Feuerwehrhaus, wobei er sich dicht an der Wand hielt, damit ihn der unaufhörliche Regen nicht durchnässte. Unter einer Zeltplane standen dreißig, vierzig Leute im Kreis. Als Dawson näher kam, sah er, dass sich die Leute um einen hölzernen Picknicktisch und zwei Bänke versammelt hatten. Dawson bahnte sich einen Weg durch die skandierende Menge. Auf den beiden Bänken saßen die Sumo-Brüder, zwei auf jeder Bank. Alle vier trugen Trainingsanzüge in Rot, Weiß und Blau mit dem Slogan »Die Sumos: ein echter Knaller!« auf dem Rücken.

Auf dem Picknicktisch türmte sich ein großer Haufen von Hühnerknochen und abgenagten Maiskolben, den Resten einer riesigen Mahlzeit. Es war ein kulinarischer Eiffelturm, ein meisterliches Bauwerk von mindestens einem Meter Höhe. Dawson sah fasziniert zu, wie Elvis innerhalb von ein paar Sekunden einen weiteren Maiskolben abnagte. Als er fertig war, zielte er sorgfältig auf die Spitze des Haufens und warf. Der Stumpen landete mit einem kräftigen Plopp auf dem Berg.

»Kau, kau, kau, kau!«, rief die Menge unablässig weiter.

»Unglaublich«, murmelte Dawson.

»Ah, Dawson!« Freddie hatte ihn erspäht und grinste ihn an. Er schlug ihm freundschaftlich auf den Rücken. »Super Dinner!«

»Und man kann essen, so viel man will«, bemerkte Elvis. »Das hab ich besonders gern.« Er hob einen Zwei-Liter-Plastikbehälter mit Eistee an den Mund. »Wo ist eigentlich die süße kleine Joey heute Abend?«

»Sie ist schön süß zu Hause«, entgegnete Dawson.

Ike und Mike, die gegenüber von Elvis saßen, fingen an, mit den Fäusten auf den Tisch zu trommeln. »Austrinken! Austrinken!«, skandierten sie.

Elvis blickte würdevoll in die Menge. »Ich soll es aussaufen?«

Die Menge stimmte in die Anfeuerungsrufe ein: »Austrinken! Austrinken!«

Er kam der Aufforderung nach, indem er den Eistee in einem einzigen riesengroßen Zug austrank.

Die Menge jubelte.

»Gut, dass er kein Bier mehr trinkt«, sagte Fred zu Dawson.

Elvis griff nach einer weiteren Hähnchenkeule und biss hinein. Die Menge feuerte ihn an.

»Das ist ja wie in *Babettes Fest*«, sagte Dawson betreten.

Freddie lachte. »Oder in *Tom Jones.*«

»Du kennst diese Filme?«, fragte Dawson verwundert.

»Ich weiß, wir sehen aus wie vier dicke alte Vielfraße, Dawson, aber wir sind Dichter, inspiriert durch das Wort.«

Die Völlerei ging weiter. Mike und Ike waren zum Nachtisch übergegangen und schaufelten zur Freude der Umstehenden große Schüsseln Reispudding in sich hinein. Elvis klopfte sich auf den Bauch und wandte sich an Dawson. »Weißt du vielleicht zufällig, ob uns die süße, hübsche *Little Mama* bei Potters zum Frühstück was Ordentliches serviert? Das ist schließlich die wichtigste Mahlzeit des Tages.«

Dawson sah ihn ungläubig an. »Du bist hier noch gar nicht fertig und denkst schon an die nächste Mahlzeit?«

»Essen ist sozusagen mein Hobby«, sagte Elvis mit erhabener Stimme. »Wenn ich kein ordentliches Frühstück bekomme, werde ich sehr ...«

»Hey, Dawson!«

Dawson fuhr herum. Pacey stand an der Hintertür des Feuerwehrhauses und fuchtelte wild mit den Armen in der Luft. Was immer er zu vermelden hatte, es konnte nichts Gutes sein.

»Entschuldigt mich!« Dawson rannte zur Hintertür. Unterwegs bemerkte er noch, dass der Regen endlich aufgehört hatte. Komischerweise war das Feuerwehrhaus fast leer. Sogar das Büfett stand verlassen da. Pacey war nirgends zu sehen.

»Ich hätte schwören können, vor ein paar Minuten waren hier noch mindestens hundert Leute«, murmelte Dawson vor sich hin.

»Da draußen«, sagte Macey, die Sängerin. Sie und ihre Band packten bereits ihre Instrumente zusammen. »Oder da drin.« Sie wies auf den Teil des Gebäudes mit den Feuerwehrwagen, zu dem die Gäste keinen Zugang hatten.

Sehr seltsam. Warum sollten hundert Leute sich spontan dazu entschließen, ihr Dinner draußen im Schlamm fortzusetzen? Dawson wunderte sich. Das machte doch keinen Sinn. Er stieß die Vordertür auf. Dutzende von Menschen standen vor dem Gebäude. Dawson verrenkte sich den Hals in alle Richtungen, um Pacey ausfindig zu machen. Aber er war in der Menge untergetaucht. Die Menschen schienen aufgeregt, aber Dawson hatte keine Ahnung, warum.

Bevor er jemanden fragen konnte, ging es zu wie im Film. Mehrere Krankenwagen kamen mit quietschenden Reifen vor der Menschenmenge zum Stehen. Sanitäter und einige Capesider Polizisten sprangen heraus, darunter auch Paceys Bruder Doug.

Dawson kämpfte sich zu ihm durch. »Was ist denn los?«

Doug sah Dawson an, als hätte er sie nicht mehr alle. »Du bist hier und wir wurden gerufen, und da fragst du mich, was hier los ist?«

Plötzlich materialisierte sich Pacey an seiner Seite. »Hey, du hast gerade den Kotzmarathon aller Kotzmarathons verpasst.«

»Hat denn jemand noch mehr gegessen als die Sumos da hinten?«, fragte Dawson, immer noch ratlos.

»Nicht wirklich«, meinte Pacey.

»Du musst dir keine Sorgen machen«, erklärte Doug. »Es ist nur eine Lebensmittelvergiftung. Deine Eltern sind in achtundvierzig Stunden wieder auf den Beinen, versprochen.«

»Meine El ...?«

In diesem Augenblick sah Dawson, wie die Sanitäter zwei Krankenbahren aus dem Gebäude trugen. Gale lag auf der einen, Mitch auf der anderen. Mrs. LaPaz und Mr. Dumford, zwei weitere freiwillige Helfer, die Essen verteilt hatten, wurden in einen anderen Krankenwagen verfrachtet.

Dawson schüttelte den Kopf. »Mom? Dad? Was ist passiert?«

Gale sah totenblass aus, aber als sie Dawson bemerkte, winkte sie ihm zu, um ihm zu signalisieren, dass sie in Ordnung war. »Sandwichs von Charlie's Shoppe«, brachte sie heraus. »Wir haben sie gegessen, bevor das Dinner anfing. Die Mayo war vermutlich schlecht.«

»Ihr habt was zu essen bestellt, bevor ihr beim Servieren geholfen habt?«, fragte Dawson ungläubig.

»Wir hielten es für eine gute Idee«, sagte Mitch mit schwacher Stimme und tätschelte seinem Sohn die Hand.

Dawson sah sich um. Mindestens ein Dutzend Leute wurde in Krankenwagen verladen. Es war wie in einem Katastrophenfilm. »Wohin bringen Sie meine Eltern?«, fragte Dawson den nächstbesten Sanitäter.

»Ins County-Krankenhaus. Und nun mach uns bitte Platz!«

Gale stöhnte. Dawson griff nach ihrer Hand. »Halt durch, Mom!« Er wandte sich erneut an den Sanitäter. »Sind Sie sicher, dass meine Eltern wieder fit werden?«

»Junge, sie werden wieder fit«, versicherte ihm der Mann.

»Dawson, mach dir keine Sorgen. Wenn wir sie alle in die Krankenwagen verfrachtet haben, fahre ich dich ins Krankenhaus.« Doug ging neben Dawson, der den Trägern mit seinen Eltern folgte. »Wie viele sind erkrankt?«

»Tja, ich würde sagen, die Leute haben sich walmäßig gut amüsiert ...«, ließ sich Pacey vernehmen.

»Wie viele sind erkrankt?«, wiederholte Dawson seine Frage.

»Ein Dutzend, glaube ich«, antwortete Pacey. »Fast alle freiwilligen Helfer. Sogar diese Event-Managerin, wie heißt sie noch?«

»Ms. Thatcher?«, fragte Dawson. »Aber sie hat doch hier alle Fäden in der Hand.«

»Tja, ich bin sicher, sie bekommt ein nettes, gemütliches Krankenzimmer gleich neben dem Bürgermeister.«

»Dem Bürgermeister?«, fragte Dawson.

»Er wollte mithelfen und Teamgeist beweisen«, erklärte Pacey. »Ich vermute, der alte Charlie kriegt dieses Wochenende in seinem Laden nicht besonders viele Touristen zu Gesicht.«

Dawson drängte sich an den Wagen, in den seine Eltern verladen wurden. Mitch wollte von der Tragbahre aufstehen und selbst in den Wagen klettern, aber die Sanitäter bestanden darauf, dass er liegen blieb.

Dawson wollte schon mit hineinklettern, da hielt ihn Gale zurück. »Liebling, es ist alles in Ordnung. Ruf uns doch später im Krankenhaus an.« Sie stöhnte und hielt sich den Bauch, denn sie wurde von einem weiteren Krampf geschüttelt.

»Aber ...«

»Du hast das Haus voller Gäste, um die du dich für die Potters kümmern musst«, keuchte sie. »Für uns wird schon gesorgt.«

»Mom, du bist weiß wie ein Bettlaken und hältst dir den Bauch ...«

»Wir können Joey nicht im Stich lassen«, brachte Gale noch hervor.

Dawson sah hilflos zu, wie der Krankenwagen abfuhr. Da spürte er, wie sich ein Arm um seine Taille schlang. Er gehörte Alexis.

»Das ist nicht sehr schön anzusehen«, sagte sie und zog die Nase kraus.

Er entzog sich sanft ihrer Umarmung. »Das ist im Moment noch das kleinste Problem.« Da bemerkte er Jen. »Sind von den Touristen welche erkrankt?«, fragte er sie.

»Gott sei Dank nicht«, entgegnete Jen. »Grams ist auch in Ordnung. Sie hat die Sandwichs nicht angerührt, weil sie schon zu Hause gegessen hatte.«

Patrick und Candace kamen zu Dawson. »Sind deine Eltern in Ordnung?«, fragte Candace besorgt.

»Wird schon wieder«, entgegnete Dawson.

Candace rieb sich die Arme. »Ich glaube, ich würde gern gehen. Können wir nach Hause fahren? Und einen Tee trinken?«

»Oh, natürlich.« Plötzlich verharrte Dawson. Er hatte nicht daran gedacht, sich von seinen Eltern die Autoschlüssel geben zu lassen, was bedeutete, dass ihre Wagen im Augenblick nicht zur Verfügung standen. Er suchte Pacey, aber neben dem hatten sich bereits die Sumo-Brüder aufgebaut, und für mehr Leute war wahrhaftig kein Platz in Paceys Truck.

»Ich fahre euch zurück«, sagte Jen, die Dawsons Dilemma sofort begriff. Sie wandte sich an Patrick und Candace. »Wenn wir uns zusammenquetschen, kann ich die White-Zwillinge und euch mitnehmen. Oder ich fahre zweimal.«

»Dann quetschen wir uns zusammen«, ließ sich Candace gnädig herab.

Alexis stemmte die Hände in die Hüften. »Und was ist mit mir, werde ich auf dem Dach festgebunden?«

Jen sah sie nachdenklich an. »Das ist ein Angebot, das ich nicht ausschlagen kann. Hast du zufällig selbst ein Seil mitgebracht?«

»Ich finde schon eine Mitfahrgelegenheit für dich, Alexis«, sagte Dawson schnell. Es nützte ja nichts, sie noch mehr aus der Fassung zu bringen, als sie ohnehin schon war, bei all dem, was vor sich ging.

Alexis sah Dawson prüfend an und strich sich eine Haarsträhne hinters Ohr. »Und du wirst zufällig auch in diesem Auto mitfahren?«

»Sicher. Entschuldige mich. Ich bin sofort zurück.« Dawson machte sich davon, um Emily LaPaz zu suchen. Sie hatte ihren eigenen Wagen und war getrennt von ihrer Mutter gekommen. Wenn sie also nicht ins Krankenhaus gefahren war, würde sie Alexis hoffentlich nach Hause bringen.

Plötzlich wurde ihm das ganze Ausmaß der Katastrophe bewusst. Nun musste er sich ganz allein um die Gäste von *Potter's Bed and Breakfast*-Filiale kümmern, sozusagen als Pensionswirt des »Dawson's Inn«. Und er hatte nicht die geringste Ahnung, wie er das schaffen sollte.

»Was meinst du, wie viel Eier die Sumos verdrücken?«, fragte Jen Joey, als sie ein weiteres Ei aufschlug und in einem großen Topf mit den anderen verquirlte. »Wir haben hier bereits über vierzig drin.«

»Das ist für Elvis vermutlich nur ein kleiner Snack«, entgegnete Joey. »Im Kühlschrank ist noch eine Packung. Pacey, wie klappt es mit den Kartoffeln?«

Pacey hielt ihr einen aufgerichteten Daumen entgegen, an dem ein frisches Pflaster prangte. »Oh, abgesehen von der Tatsache, dass es mir gelungen ist, statt der Kartoffeln meine Finger zu schnibbeln, würde ich sagen, ich schlage mich recht gut. Drei Dutzend Kartoffeln abgezählt und geschnibbelt. Einfach nur aus Neugier eines Verletzten: Warum hast du nicht versucht, dir irgendwo eine Küchenmaschine zu leihen?«

»Ich heiße ja nicht Andie«, sagte Joey. »Kochen gehört nicht zu meinen großen Leidenschaften, Pacey. Mit anderen Worten: Es ist meinem zerfransten kleinen Hirn einfach nicht eingefallen, dass es so eine Maschine gibt, mit der man Sachen wie Kartoffeln zerkleinern kann. Dawson, wie steht's mit den Apfelsinen?«

»Vierzig gepresst«, meldete Dawson.

Joey ließ sich auf einen Stuhl fallen. »Das wird hoffentlich genug für die Sumos sein.« Sie sah auf die Uhr. Es war bereits nach Mitternacht. »Zeit für Runde zwei. Jetzt können wir anfangen, das Frühstück für die restlichen Gäste vorzubereiten.«

»Was ist eigentlich mit den Pfannkuchen?«, fragte Jen.

»Ich wollte den Teig erst machen, wenn die Sumos im Bett liegen, damit sie mir nicht alles aufessen, bevor der erste Hahn kräht. Und bitte erspart mir jegliche versteckte Andeutung auf mein Lieblingsgeflügel.«

»Keine Hähnchen-Witze«, sagte Pacey ernst. »Und der Teig für die Pfannkuchen wurde schon von meiner Wenigkeit angerührt. Das habe ich vor der Kartoffel-Metzelei gemacht.«

»Danke.« Joey lehnte ihren Kopf an die Wand und schloss die Augen. »Ich fühle mich wie ein geprügelter Hund. Und ich habe nicht mal Zeit, diesen Zustand angemessen zu bejammern.« Sie seufzte. »Aber man sollte auch für kleine Dinge dankbar sein. Immerhin war Alexander wirklich lieb.«

»Vielleicht, weil er nun vierundzwanzig Stunden am Tag die ungeteilte Aufmerksamkeit seiner Mutter genießt«, bemerkte Jen.

»Vielleicht.« Joey öffnete die Augen. »Was haben die Ärzte gesagt, Dawson? Wie lange müssen Gale und Mitch im Krankenhaus bleiben?«

Ungeachtet dessen, was seine Mutter gesagt hatte, war Dawson natürlich zuvor im Krankenhaus gewesen. Seine Eltern hatten beide geschlafen; beide am Tropf.

»Dr. Brawnly meinte, eine Nacht, vielleicht zwei. Hat jemand den letzten Wetterbericht gehört?«

Wortlos schaltete Joey das kleine Radio auf der Theke ein. Es war auf den Bostoner Regionalsender eingestellt.

»... In den nächsten vierundzwanzig bis sechsunddreißig Stunden wird es weiterhin ständig regnen, während das Tiefdrucksystem, das die Küste hinaufzog, nun einhundert Meilen südlich von Block Island zum Stillstand gekommen ist. Wir erwarten morgen fünf bis sechs Zentimeter Niederschlag. Gute Nachrichten für die Talsperren – keine guten Nachrichten, wenn Sie am Wochenende raus ins Grüne wollten! Das war der WBZ-Wetterbericht.«

»Vielleicht gibt es ja das Gegenstück zum Regenmacher«, überlegte Jen. »Irgendeinen geheimnisvollen Typen, der plötzlich in Capeside auftaucht und einfach Sonnenschein herbeizaubert.«

»Darf ich dich erinnern, dass es sich bei dem Regenmacher – oder *Music Man*, wie er beim Musical-begeisterten Publikum bekannt war – um einen Scharlatan handelte?«, sagte Dawson.

Joey stand auf und streckte sich, dann rieb sie sich den schmerzenden Rücken. »Über den relativen Wert von Filmmusicals zu debattieren hilft uns auch nicht aus der Misere. Und irgendwie glaube ich nicht, dass die Touristen, die zum Wochenende der Wale gekommen sind, sich mit einem Scrabble-Turnier zufrieden geben werden.«

»Entschuldigen Sie.« Mrs. Martino stand in der Tür, gehüllt in einen seidenen Morgenmantel.

Joey sprang auf. »Ja, kann ich Ihnen helfen?«

»Vermutlich. Ihre ›Gäste‹ im Zimmer neben uns machen sehr merkwürdige Geräusche. Unter solchen Bedingungen kann ich nicht schlafen.«

»Das müssen Elvis und Fred sein«, sagte Pacey.

»Und wenn es Bill und Hillary wären! Ich möchte etwas Ruhe und Frieden«, sagte Mrs. Martino eisig.

»Kein Problem, Mrs. Martino«, versicherte ihr Joey. »Ich kümmere mich darum.«

Ohne jedes weitere Wort machte Mrs. Martino auf dem Absatz kehrt und verschwand. Joey verdrehte die Augen und eilte der zornigen Frau hinterher.

Als Jen Mrs. Martino sicher außer Hörweite glaubte, sagte sie: »Was meint ihr, warum sie so ist? Weil sie an sexueller Frustration leidet oder weil sie einfach eine Ziege ist?«

»Ich bin für die Ziege«, sagte Pacey.

»Sex«, meinte Dawson.

Jen lachte. »Oder beides.«

Weiter den Flur hinunter stand Mrs. Martino vor dem Zimmer von Fred und Elvis und winkte Joey heran. »Hören Sie doch!«

Joey wartete. Und wartete.

»Ich kann nichts ...«

Plötzlich hörte sie es. Es klang wie ein riesiges Tier, das in einer Falle saß.

»Da! Jetzt haben Sie es gehört!«, kreischte Mrs. Martino triumphierend.

»Ja, ich habe es gehört.« Joey holte tief Luft und klopfte zögernd an die Tür. »Hallo?«, rief sie.

Die Tür ging auf. Da stand Elvis in dem größten weißen Frotteebademantel der Welt, den Gürtel stramm über den dicken Bauch geschnürt. Er nuckelte an einer großen Colaflasche. Seine Augen leuchteten auf, als er Joey erspähte. »*Pretty Mama!* Der King ist zu Hause!«

Mit der freien Hand griff Elvis nach Joeys Handgelenk. Sie zuckte zurück, als Elvis einen lauten Rülpser ausstieß, der sicherlich noch auf der anderen Seite der Bucht zu hören war.

»Das ist ja widerlich!« Mrs. Martino wandte sich angeekelt ab.

»Natürliche Körperfunktionen«, sagte Elvis. »Fred und ich arbeiten an einem Gedicht.« Er hob die Colaflasche. »Dichten macht durstig!«

Im Hintergrund tippte Fred auf dem Laptop und winkte Joey zu. Sie winkte zurück. »Ähm, es tut mir Leid, aber laute Geräusche nach Mitternacht sind nicht gestattet! Hausordnung«, sagte sie. »Vielen Dank für euer Verständnis. Gute Nacht.«

Sie schloss die Tür und drehte sich zu Mrs. Martino um. Aber die Lady war bereits in ihrem Zimmer verschwunden.

Dawson kam den Flur herunter. »Alles klar, Joey?«, fragte er leise.

»Relativ gesehen ja«, flüsterte Joey. »Der King hatte einen Colastau und unsere reizende Mrs. Martino ist wieder im Bett.«

Dawson lächelte sie an. »Du solltest ein wenig schlafen, Joey. Wir können ...«

In dem Moment ging die Zimmertür der Sumos wieder auf. Elvis warf Joey einen lüsternen Blick zu und rezitierte ein Gedicht: »Niemand macht mich mehr an, als es die Joey Potter kann. Sie kann mich verführen, besser wär berüh ...«

»Und auch keine Stehgreif-Reimereien nach Mitternacht«, setzte Joey bestimmt nach.

Elvis blickte zerknirscht drein. »Aber das ist meine Kunst.«

»Und ich bin sicher, sie ist sehr kunstvoll«, sagte Joey zuckersüß.

Elvis sah Dawson an, dann wieder Joey. »Was ist mit dem anderen Typen, deinem Freund?«

»Du meinst Jack«, warf Joey ein. »Er ... er wartet auf mich. Im Wohnzimmer«, log sie. »Und deshalb muss ich jetzt gehen.«

Elvis nickte und sah Dawson schulterzuckend an. »Hey, Mann, du und ich, wir sind die Loser. Dieser Jack ist ein Glückspilz.« Kopfschüttelnd schloss er die Tür.

Dawson starrte Joey an. »Und die Geschichte dazu ist ...?«

»Sagen wir einfach, ein Mädchen tut, was ein Mädchen tun muss, Dawson.«

»Aber das Mädchen hätte *mich* bitten können, als ihr Freund zu fungieren. Das wäre ja wohl das Einfachste gewesen.«

»Jack war hier, du nicht.«

Dawson verschränkte die Arme vor der Brust. »Ist das der einzige Grund, Joey?«

»Das ist absolut unwichtig, Dawson. Das Einzige, was mich im Moment interessiert, ist, dieses Wochenende zu überleben und genug Geld für die Hypothek zu verdienen, okay?«

»Okay.« Dawson ging vor Joey zurück in die Küche. Plötzlich drehte er sich um und ging ein Stück rückwärts. »Aber es wird nicht ewig unwichtig bleiben, Joey.«

6

Piep – piep – piep ...

Stöhnend zog sich Joey das Kissen über den Kopf, während ihr Wecker unerbittlich weiterpiepste. Um fünf Uhr morgens aufzustehen war wirklich grauenhaft!

Sie zwang sich aus dem Bett und tappte ans Fenster. Es goss immer noch wie aus Eimern. Nach der Lebensmittelvergiftungskatastrophe am Vorabend wäre es nett von der Natur gewesen, ihnen wenigstens ein kleines bisschen entgegenzukommen und zum Tag der Walbeobachtung etwas Sonne zu schicken. Aber offensichtlich war die Natur schlecht drauf und hatte nicht vor zu kooperieren.

»Was bedeutet, dass ich einem Dutzend übellauniger Walbeobachter das Frühstück servieren muss«, grübelte Joey. Sie sprang rasch unter die Dusche und stellte das Wasser kälter als üblich, damit genug heißes Wasser für die Gäste übrig blieb. Dann zog sie sich Jeans und Sweatshirt über.

Als sie die Treppe hinuntereilte, hing bereits der Duft von frisch aufgebrühtem Kaffee in der Luft. Das war doch nicht möglich! Im Haus gab es keine Kaffeemaschine mit Zeitschaltuhr. Bessie war doch wohl nicht auf einem Bein hinuntergehoppelt ...

»Morgen!«, rief Andie fröhlich, als Joey in die Küche kam. »Kaffee?« Sie arrangierte gerade herbstliche Gräser und Blumen in einer Vase. Neben ihr stand Jack, der eifrig Milchkännchen abfüllte. Die beiden machten einen hellwachen Eindruck.

»Was wollt ihr denn schon so früh hier?«

»Nun«, meinte Andie, »da Dawson und Jen selbst Pensionsgäste haben und Pacey im strömenden Regen den Transport über die Bucht regelt, haben wir gedacht, wir könnten wenigstens früh hierher kommen und dir helfen. Hier, trink! Damit du wach wirst!« Sie reichte Joey eine Tasse Kaffee.

»Das müsst ihr gar nicht«, protestierte Joey, nahm aber dankbar den Kaffee an. »Ich meine, das ist unglaublich großherzig und aufmerksam von euch, aber ...«

»Aber was? Willst du uns rausschmeißen?«, fragte Jack. »Es regnet.«

Joey lächelte reumütig. »Ich hatte die ganze Nacht schreckliche Albträume von hungrigen Sumo-Ringern, die sich auf mich stürzen, während ich versuche, ihnen verbrannten Toast zu servieren. Es wurde ziemlich ekelig, ich glaube, es hatte mit Kannibalismus zu tun.«

»People, people who eat people ...«, sang Andie, als wäre sie Barbra Streisand. Sie trug die Kaffeekanne mitsamt der Wärmeplatte ins Esszimmer und stöpselte den Stecker ein, dann kam sie wieder in die Küche geflitzt.

»Du bist so früh am Morgen schon reichlich aufgekratzt«, bemerkte Joey. »Eigentlich viel zu aufgekratzt.« Sie half Jack, die Milchkännchen ins Esszimmer zu tragen, während Andie die Vase mit dem Blumenarrangement in die Mitte des Tisches stellte.

Andie zuckte mit den Schultern. »Ich habe nur gute Laune.«

»Und sie ist einfach ein Morgenmensch«, fügte Jack hinzu. »Es ist wirklich schrecklich mit ihr.« Er warf einen prüfenden Blick auf den Tisch. »Okay, es ist gedeckt, der Kaffee ist fertig, Milch, Zucker, Süßstoff – alles da.«

Draußen grollte Donner heran. Joey zuckte zusammen. »Ein schlechtes Omen vom Wettergott. Gewitter wurden aber nicht gemeldet.«

»Das schlechte Wetter hört bald auf«, sagte Andie zuversichtlich. »Ich weiß es einfach.«

»Ich hoffe, du behältst Recht«, sagte Joey. »Wenn nicht,

wird Mrs. Martino mich am Ende persönlich dafür verantwortlich machen.«

»Sie ist …?«, fragte Jack.

»In Zimmer eins mit ihrem Ehemann. Sie nimmt nur Seetang oder so was zu sich und sieht durch das Personal, also mich, einfach hindurch.«

»Was jetzt?«, fragte Andie.

»Ich muss frischen Obstsalat machen.« Joey eilte den anderen voran in die Küche und nahm Obst aus dem Kühlschrank. »Hätte ich ihn gestern Abend schon gemacht, wäre er jetzt braun und eklig.«

»Wenn man etwas Zitronensaft auf geschnittenes Obst träufelt, wird es nicht braun«, erklärte ihr Andie.

»Frag nicht«, stöhnte Jack. »Meine Schwester nimmt alle möglichen Kochsendungen auf und spielt sie ab, während sie schläft.«

Andie fing an, die Bananen zu schneiden. »Spottet ihr nur! Gutes Essen zuzubereiten und lecker herzurichten, das gehört alles dazu, wenn man eine vollendete Gastgeberin sein will.«

»Dann vollende mal schön«, sagte Joey. »Kannst du die Weintrauben waschen, Jack?«

»Guten Morgen, schöne Wirtin!« Joey brauchte sich nicht umzudrehen, um zu wissen, wer das war. Elvis.

Freundlich sein!, ermahnte sie sich.

»Guten Morgen, Elvis«, sagte sie und lächelte ihm über die Schulter zu. »Frühstück gibt es erst um sechs, aber im Esszimmer kannst du dir schon Kaffee oder Tee nehmen.«

»Schaut die Liebste rein, musst du freundlich sein; nimm, was dir gefällt, so geht es auf der Welt; du bist gar kein Held, wenn dir Futtern nicht gefällt; dreist will ich bestimmt nicht sein, aber kommt die Joey rein, fällt mir gar nix anderes ein.« Elvis sah in die Runde. »Was, kein Applaus?«

Andie und Jack sahen ihn an, als wäre er geistesgestört.

»Improvisierte Gedichte«, erklärte Elvis. »Das ist meine Spezialität.«

»Und was für eine!«, bemerkte Joey.

»Danke.« Er verbeugte sich vor ihr und hatte schon einen neuen Reim parat: »Wenn ich dich seh, kriegt mein Hirn gleich so'n Dreh; ist Joey dabei, ist alles andere einerlei ...«

»Elvis, Elvis, ich bin so froh, dass du so früh aufgestanden bist«, rief Joey aus. Sie packte Jack am Arm und schleifte ihn vor ihren Mammut-Gast. »Ich möchte dich meinem langjährigen Freund vorstellen. Elvis, das ist Jack. Jack, das ist Elvis.«

Elvis seufzte und streckte die Hand aus. »Hey, Mann, du bist echt ein Glückspilz. Sie ist ein scharfer Braten.«

»Als wüsste ich das nicht«, sagte Jack mit todernster Miene.

Elvis hob beschwichtigend die Hände. »Ich komme dir nicht ins Gehege, wie verführerisch sie auch ist. Wir sehen uns später!« Er wandte sich um und ging ins Esszimmer.

Andie sah Joey an. »Was war das denn?«

»Einer von den Sumo-Brüdern«, entgegnete Joey. »Es gibt vier davon. Und er ist noch der dünnste.« Sie wandte sich an Jack. »Danke für die schnelle Reaktion.«

Jack lächelte sie an. »Fast wie in alten Zeiten.«

»Fast«, pflichtete ihm Joey bei.

Heute kam es ihr so komisch vor, dass sie mit Jack zusammengewesen war, gleich nachdem sie sich von Dawson getrennt hatte. Jack hatte erst danach vor sich selbst – und allen anderen – zugegeben, dass er schwul war.

»Also, du große Verführung«, neckte sie Jack, »wie wäre es, wenn ich den Obstsalat rüberbringe?«

»Noch so 'ne freche Bemerkung und du fliegst doch raus!«, rief sie ihm nach.

»Was jetzt?«, fragte Andie.

»Mal sehen ... der Pfannkuchenteig ist schon fertig. Wir sollten auch die kleinen Müsli- und Cornflakesschachteln rausstellen. Du kannst dich schon mal mit Rühreiern und Bratkartoffeln beschäftigen.« Joey sah auf ihre Uhr. »Pacey holt Patrick, Candace und Alexis in zehn Minuten ab, wir müssen uns beeilen.«

»Wann bringt Pacey denn Frau Doktor White und die Enkel rüber?«, fragte Andie beiläufig.

»Bei der nächsten Tour, glaube ich. Warum?«

»Nur so.« Andie trug die Müslischachteln ins Esszimmer und baute aus ihnen eine Pyramide. »Sie sind sehr nett.«

»Wer?«, fragte Joey. Sie setzte kleine Schüsselchen mit Fruchtjoghurt in eine mit zerstoßenem Eis gefüllte große Servierschale.

»Michael und Jonathan White. Wusstest du, dass Michael blind ist?«

»Nein!«, sagte hinter ihnen eine männliche Stimme in dramatischem Tonfall. »Warum hat mir das denn niemand gesagt?«

Joey und Andie drehten sich um und erblickten Michael, der im Türrahmen stand. Andie schlug sich die Hände vor den Mund. »Okay, jetzt bin ich im Augenblick ganz verlegen.«

Michael lachte. »Wirst du rot?«

»Das wird sie«, sagte Jack und kam aus der Küche.

»Andie, das muss dir nicht peinlich sein«, versicherte ihr Michael. »Ich wollte dich nur ärgern. Weißt du, eigentlich wusste ich schon, dass ich blind bin.«

»Ich weiß, dass du das weißt«, sagte Andie. »Aber ich wusste nicht, ob du weißt, dass ich weiß ... Irgendwie so.«

»Ich dachte, du wärst erst bei der zweiten Fuhre dabei?«, sagte Joey.

»Planänderung. Die Frischvermählten waren anderweitig beschäftigt und ich wollte schnell hierher kommen, damit Andie mir erzählen kann, dass ich blind bin.« Er grinste in Andies Richtung. »Und das ist die ganze Geschichte. Guten Morgen, Andie.«

»Guten Morgen, Michael.« Sie lächelte ihn an, obwohl er das natürlich nicht sehen konnte. Sie fand, heute sah er noch besser aus als am Abend zuvor. »Kann ich dir einen Kaffee holen?«

»Wie wäre es, wenn ich dir einen hole?«, schlug Michael vor. »Sag mir nur, wo er steht.«

Andie schaute ins Esszimmer, wo die Kaffeekanne stand. »Also, er steht ... wie kann ich es dir erklären, wenn du gar nicht weißt, wovon ich rede?«

»Tu einfach so, als wäre ich in der Mitte von einer Uhr. Geradeaus vor mir ist zwölf Uhr, hinter mir sechs Uhr. Also, auf wie viel Uhr steht der Kaffee und wie viele Schritte sind es?«

»Ähm, auf drei Uhr und ungefähr zehn Schritte.«

»Cool.« Michael ging zielsicher ans Büfett, tastete nach der Kaffeekanne und schenkte zwei Tassen ein. Ob sie voll waren, stellte er anhand des heißen Dampfes fest, der aus der Tasse aufstieg. Er reichte ihr eine. »Oder nimmst du Milch und Zucker?«

»Schwarz ist prima. Das war sehr beeindruckend.«

»Gut.« Er nahm einen Schluck Kaffee. »Ich wollte dich nämlich beeindrucken.«

Nun kam auch Mrs. Martino ins Esszimmer geschlendert. »Es regnet«, verkündete sie matt. Joey sah sie an: Sie war ganz in Schwarz gekleidet, was sehr gut zu ihrer finsteren Miene passte.

»Ja, leider«, bestätigte Joey. »Aber vielleicht klärt es noch auf. Darf ich Ihnen Kaffee oder Tee bringen?«

»Kräutertee.« Sie setzte sich an den Tisch und wartete mit verschränkten Armen darauf, bedient zu werden.

Joey errötete. »Ähm, es tut mir Leid, Mrs. Martino, aber ich habe keinen Kräutertee, nur ganz normalen Earl Grey.«

»Um Himmels willen! Wie können Sie sich Frühstückspension nennen und keinen Kräutertee haben?«

»Sehr ungezogen von mir, ich weiß«, sagte Joey, bevor sie sich bremsen konnte. »Entschuldigen Sie!« Sie eilte in die Küche und holte tief Luft. Sie hatte keine Zeit zu verschenken. Es gab einfach zu viel zu tun. Sie holte den Pfannkuchenteig aus dem Kühlschrank und goss Öl in die Pfanne, als Pacey in die Küche kam.

»Erster Maat Witter meldet sich zum Rapport! Die frisch Vermählten schlafen noch, um es euphemistisch auszudrücken. Doktor White sagt, sie frühstückt nie, und Alexis ist im Flur und versucht Dawson davon zu überzeugen, mit ihr in ein Low-Budget-Remake von *Love Story* einzusteigen. Ich hab's mir doch gleich gedacht, sie hat was von Ali McGraw an sich.«

Joey rührte den Teig. »Gott sei Dank ist Dawson kein Ryan O'Neal. Und vielleicht kann mal jemand Alexis erklären, dass Ali nicht nur in dem Film starb, sondern auch noch ein sehr armes Mädchen spielte.« Sie dachte einen Augenblick nach. »Wenn ich es überdenke, sagt es ihr besser nicht!«

Pacey sah sie nachdenklich an. »Das war doch keine leicht grün gefärbte Bemerkung, oder, Potter?«

»Willst du damit andeuten, ich sei eifersüchtig? Das ist doch lächerlich.« Sie holte die Schüssel mit den verschlagenen Eiern aus dem Kühlschrank.

»Du magst sie also ganz allgemein nicht? Was meinst du, würdest du sie genauso wenig mögen, wenn sie es auf mich statt auf Dawson abgesehen hätte?«

»Ich habe über sie noch überhaupt nicht nachgedacht, Pacey. Ich bin hier im Moment nämlich etwas überfordert, wenn es dir entgangen sein sollte.«

»Ruhig, Potter.« Er nahm sich einen Pfannenwender. »Ich dreh die Pfannkuchen. Und du bist schön nett zu den Gästen. Außer zu ... du weißt schon wem.«

»Manchmal bist du echt extrem nervig.« Aber Joey folgte seiner Anweisung und ging ins Esszimmer. Die Martinos saßen an dem einen Ende des langen Tisches. Mr. Martino nippte an seinem Kaffee und seine Frau saß angesichts des trüben Tages mit verdrießlicher Miene da. Am anderen Ende des Tisches verschlangen die Sumo-Dichter große Schüsseln Obstsalat mit Bergen von Joghurt obenauf. Und die Schüssel, die Joey mit so viel Mühe gefüllt hatte, war schon wieder leer.

»Hey, super Obstsalat!«, sagte Fred. »Er hat ganze fünfzehn Sekunden überlebt.«

»Danke.« Joey fragte sich allmählich, wo Dawson und Alexis steckten. Sie waren nirgends zu sehen.

»Miss, haben Sie wenigstens frisch gepressten Saft?«, fragte Mrs. Martino Joey.

»Ja, Madam, die Karaffe mit Grapefruitsaft steht gleich neben dem Kaffee.«

»Der ist aus Konzentrat«, entgegnete Mrs. Martino eingeschnappt.

»Das stimmt«, entgegnete Joey.

Andie saß neben Michael. »Wenn man nur ein bisschen frischen Grapefruitsaft dazugibt, überdeckt das den Geschmack des Konzentrats.« Mrs. Martino sah aus, als hätte sie eine Kröte verschluckt. »Oder nicht«, setzte sie langsam nach. Michael musste lachen.

»Kommen die Wale überhaupt heraus, wenn es regnet?«, fragte Mrs. Martino.

»Da sie unter Wasser leben, glaube ich nicht, dass der Regen ihnen was ausmacht«, meinte Joey. »Okay, Pfannkuchen, Eier und Kartoffeln kommen gleich.« Sie wollte gerade wieder in die Küche gehen, da kamen Dawson und Alexis herein. Sie lachten über irgendetwas. Alexis schüttelte den Kopf und Dawson wurde mit kleinen Wassertröpfchen aus ihrem nassen Haar berieselt.

»Na, wie sehen meine Pfannkuchen aus, Potter?«, fragte Pacey, als Joey im Laufschritt in die Küche kam. Er sah sie kurz an und wirbelte dann einen Pfannkuchen in die Luft. »Hey, wir scheinen uns aber walmäßig gut zu amüsieren, hm? Auf der *Pequod* haben sie übrigens Zwieback und gesalzenen Walfischspeck gegessen.«

»Alles ist in Ordnung. In bester Ordnung. Und wenn du das essen willst, was sie auf der *Pequod* gegessen haben, soll es mir auch recht sein.« Sie griff nach einer Bratpfanne und schüttete gequirlte Eier hinein. »Rührei für vierhundertsieben Leute ist gleich fertig. Jeder von den Sumos zählt so viel wie hundert Leute.«

Jack brachte ein paar leere Schüsseln in die Küche. »Elvis

hat mich gerade gefragt, wie lange wir schon zusammen sind«, berichtete er. »Mann oh Mann, er wollte auch wissen, wie weit wir schon mit der lustvollen Seite unserer Beziehung gekommen sind. Ich habe ihm gesagt, dass ein Gentleman genießt und schweigt.«

»Hast du deine sexuelle Orientierung geändert, als ich gerade nicht hingesehen habe, Jack?«, fragte Pacey.

Joey sah ihn strafend an. »Ich habe Jack gebeten, so zu tun, als sei er mein Freund, damit unser Mister »Love Me Tender« da drin nicht auf die Idee kommt, mich und seine Pfunde nach oben in Gracelands Dschungelzimmer zu schleppen.«

Pacey legte flink Pfannkuchen um Pfannkuchen auf eine Platte und füllte neuen Teig in die Pfanne. »Du hättest mich fragen können, Potter«, sagte er beiläufig. »Ich hätte die kleine Scharade gar nicht so abstoßend gefunden.« Jack verließ diskret den Raum.

»Jack war hier, Pacey«, erklärte ihm Joey. »Du nicht.«

»Ich verstehe.«

»An deiner Stimme ist klar zu erkennen, dass du es nicht verstehst«, entgegnete Joey patzig.

»Was du immer so alles erkennst, Joey«, gab Pacey zurück. »Übrigens brennt dein Rührei an.«

Er hatte Recht. Sie schob einen Pfannenwender unter die gelbe Masse und drehte sie um. Zu spät. Unten drunter war schon alles braun, fast schwarz. Sie warf das verbrannte Rührei in den Mülleimer und fing noch einmal von vorn an. Da kam Dawson in die Küche spaziert. »Morgen! Was kann ich tun?«

»Kannst du Rührei machen?«, fragte Joey.

»Sicher.«

»Na prima. Dann mach es!« Sie reichte ihm den Pfannenwender und schnappte sich die erste Platte Pfannkuchen. Dann sah sie Dawson über die Schulter an. »Falls du nicht zu beschäftigt mit deiner kaschmirgekleideten Filmemacherin bist.«

»Joey, ich mag das Mädchen nicht einmal«, protestierte Dawson.

»Klasse, dann sind wir schon zwei.« Joey marschierte mit den Pfannkuchen ins Esszimmer.

Pacey füllte wieder Teig in die Pfanne. »Der ist heute echt 'ne Laus über die Leber gelaufen.«

Dawson schmolz etwas Butter in der Pfanne. »Und ich hatte den Eindruck, abgesehen von der fast tödlichen Lebensmittelvergiftung der Hälfte der guten Bürger von Capeside und abgesehen von dem Taifun, der da draußen tobt, liefe eigentlich alles ganz gut ...«

»Hier ist das Update, Dawson. Gar nichts läuft hier gut. Oh, und noch was: Joey und Jack sind wieder zusammen.«

Dawson starrte Pacey an. »Ich vermute, das ist nur ein Witz.«

»Vermute, was du willst.«

»Und der Rest der Geschichte?«

»Frag Joey«, schlug Pacey vor.

Dawson wendete das Rührei. »Ich bin im Augenblick etwas strapaziert.«

»Ich verstehe. Und warum brauchst du dann genau jetzt eine Erklärung, mein Freund?«

Dawson zog ein Gesicht. »Ich glaube nicht, dass ich um eine Erklärung gebeten habe.«

»Und ich glaube nicht, dass du nicht darum gebeten hast.«

»Pacey, das ist ein lächerliches Gespräch.«

»Du hast Recht. Ist Teeny-Wahnsinn nicht etwas Wunderbares?«

7

Es regnete in Strömen. Dawson stand in einem gelben Regenmantel am Dock und wischte sich das Wasser aus dem Gesicht, was allerdings nicht viel half, da er sofort wieder nass wurde. Der Regen war so heftig, als hätte er einen persönlichen Rachefeldzug gegen Capeside zu führen. Oder gegen das Wochenende der Wale. Oder beides.

»Beobachten Sie die Wale von der *Capeside Queen* aus!«, rief Burke Reese, der erste Maat, vom Bootsdeck. Man konnte seine Worte kaum durch den Regen hindurch verstehen. »Beobachten Sie die Wale von der *Capeside Queen* aus! Wir legen in fünf Minuten ab! Wale beobachten auf der *Capeside Queen*!«

»Viel Glück!«, dachte Dawson. An einem Tag wie diesem würde Burke nicht einmal Tickets verkaufen, wenn er eine Meerjungfrau im Angebot hätte, die aussah wie Darryl Hannah. Die *Capeside Queen* war ein Party-Fischerboot von achtundzwanzig Metern Länge, das von April bis November Touristenfahrten hinaus zu den Walen machte. Der Regen hatte zwar zwischen acht und halb zehn zunächst ein wenig nachgelassen, prasselte aber nun wieder unvermindert auf das Dock. Der Himmel war grau wie Blei, weit und breit kein Sonnenstrahl zu entdekken.

»Nicht verzagen, Burke!«, rief Dawson dem Seemann zu. »Du machst deine Sache sehr gut!«

Ein Pärchen im Partnerlook, beide in einem durchsichtigen Regenmantel, stand unter einen Schirm geduckt am

Dock. Am Hals des Mannes baumelte wie ein Talisman zum Schutz vor bösen Geistern eine Kamera.

»Wollen Sie mit aufs Boot?«, fragte Dawson.

»Da müsste man ja verrückt sein! Bei so einem Wetter!«, entgegnete der Mann.

»Vielleicht macht es doch Spaß, Liebling«, wandte seine Frau ein.

»Ich habe einfach keine Lust, im strömenden Regen Wale zu beobachten, und damit basta! Die lange Fahrt von North Carolina hierher war die reinste Zeitverschwendung.«

»Sie sollten wirklich mit dem Boot hinausfahren«, drängte Dawson. »Es wird großartig. Und das Wetter ändert sich hier manchmal binnen Minuten.«

»Nichts für mich, Kumpel.« Der Mann blieb dabei. »Komm, Wella, wir gehen zurück in den Camper.« Und schon eilten sie von dannen.

Andie kam ans Dock hinunter. »Wieder zwei, die lieber an Land ertrinken als auf dem Meer«, sagte sie. »Also ich finde, wer sich so leicht abschrecken lässt, verdient es auch nicht, Moby Dick zu sehen.«

»Ach, und seit wann gehörst du zum mutigen seefahrenden Volk?«, fragte Dawson.

Andie lächelte. »Seit Frau Doktor White und ihre Enkel angekündigt haben, auf jeden Fall die Bootstour mitmachen zu wollen.«

Dawson nickte. »Und wer hat sie dazu überredet?«

»Wenn du damit andeuten möchtest, ich hätte andere Motive als lediglich Joeys Pensionsgäste auf dem Boot zu betreuen, ist meine Antwort: Es geht dich nichts an«, entgegnete Andie. »Und was ist mit dir, kommst du mit?«

»Ehrlich gesagt ist das Letzte, was ich jetzt tun möchte, an Bord dieses Boots zu gehen und zwanzig Meilen in die Bucht rauszufahren, um nach übergroßen Säugetieren zu suchen, die wahrscheinlich Verstand genug besitzen, zwischen dem Luftschnappen so tief wie möglich unter der Wasseroberfläche zu bleiben – und zwar so lange wie möglich.«

»Du willst nicht mit?«

»In einem Augenblick absoluter Geistesschwäche habe ich es anscheinend Joey versprochen«, sagte Dawson. »Also muss ich mit.«

Eine Windböe trieb ihnen den Regen ins Gesicht. »Hast du schon eine Pille gegen Seekrankheit genommen?«, fragte Andie. »Bei dem Wind kann es da draußen ganz schön rau zugehen.«

Dawson schüttelte bedauernd den Kopf. An Seekrankheit hatte er in der Tat bis zu diesem Moment nicht gedacht. Andie hatte Recht. Der Wind war sehr stark. Starker Wind verursachte einen unruhigen Wellengang. Und ein unruhiger Wellengang war der Garant für einen unruhigen Magen.

Ist es nicht schon schlimm genug, dass meine Eltern sich immer noch im Krankenhaus von ihrer mayonnaisebedingten Kotzerei erholen?, dachte Dawson. Allein beim Gedanken an die Wellen wurde ihm plötzlich übel.

»Hey, Burke!«, rief Dawson zum Boot hinüber. »Wie lange bleiben wir draußen?«

»Vier Stunden«, antwortete Burke. Er klang nicht allzu begeistert.

»So steht es in der Werbebroschüre«, bestätigte Andie. »Wir legen um Punkt zehn ab und sind um zwei zurück. Wir werden zu den Stellwagen Banks hinausfahren, wo die Wale nach Nahrung suchen. Auf der *Capeside Queen* hat man eine neunzigprozentige Chance, die Wale auch wirklich zu sehen.«

»Kommen Sie auf die *Capeside Queen*! Beobachten Sie die Wale! Wir legen in drei Minuten ab! Beobachten Sie die Wale von der *Capeside Queen* aus!« Burke bettelte nun fast. »Die beste Möglichkeit für Sie, die Wale zu beobachten: die *Capeside Queen*!«

Armer Kerl, dachte Dawson. Ihm war klar, warum Burke zunehmend verzweifelte. Das Wochenende der Wale war für die Tourismusbranche eine der wichtigsten Einnahmequellen des ganzen Jahres. Aber wenn die *Capeside Queen* keine ausreichende Menge an Tickets verkaufte, überstiegen die Ausgaben für Diesel die Einnahmen. So war natürlich kein Geld zu verdienen!

»Hey!«, rief ein bärtiger Tourist dem ersten Maat zu. »Gibt es noch einen anderen Ort, von dem aus man die Wale sehen kann? Wir haben zwar Plätze auf dem Boot reserviert, aber es ist ja verrückt, bei diesem Wetter rauszufahren!«

Der Maat schüttelte den Kopf. »Bei gutem Wetter kann man sie manchmal von Dunn's Leuchtturm aus sehen. Das Meeresforschungsinstitut hat auf der Aussichtsplattform des Leuchtturms ein riesiges Teleskop aufgestellt. Aber bei diesem Nebel können Sie das vergessen!«

»Miles, du hast doch gesagt, die Wale kommen direkt an den Strand«, quengelte seine Frau, deren Kopf unter ihrem riesigen Regenschirm verborgen war. »Du hast mir gesagt, man kann sie vom Strand aus sehen.«

»Ich hab's dir doch gesagt, Liebling, als ich damals als Kind hierher gekommen bin, habe ich die Wale vom Strand aus gesehen«, beteuerte ihr Mann.

»Das war aber großes Glück!«, meinte Dawson. »In den beiden letzten Jahren konnte man sie vom Leuchtturm aus sehen, und das war schon außergewöhnlich. Am besten sehen Sie die Wale tatsächlich, wenn Sie mit uns aufs Boot ...«

Er brachte den Satz nicht zu Ende, denn das Paar hatte sich bereits umgedreht und verließ das Dock.

»Nimm's nicht persönlich, Dawson«, sagte Andie und tätschelte ihm den Arm. »Ich bin so beeindruckt von Frau Doktor White, du auch? Hast du gehört, wie sie den anderen Gästen erklärte, dass es bei diesem schlechten Wetter weniger Bootsverkehr in der Bucht gibt und die Wale daher nicht so ängstlich sein werden?«

»Ich habe die Berichterstattung verfolgt«, entgegnete Dawson trocken.

»Hey, ihr Landratten!«, rief Elvis, der Sumo-Dichter,

ihnen vom Boot aus zu. »Wann geht die Party denn los?« Fred, Mike und Ike traten neben ihn und winkten.

»Zwei Minuten noch«, rief Dawson. »Wir warten nur ab, ob sonst noch jemand auftaucht.«

»Mal sehen«, meinte Andie und zählte die Leute an ihren Fingern ab. »Auch wenn es dich schockiert, die frisch Vermählten sind lieber im Bett geblieben. Die allzeit liebenswürdige Mrs. Martino ist definitiv nicht mit von der Partie und ihr Mann bleibt mit ihr an Land. Pacey, Jen und Jack helfen Joey beim Aufräumen und Saubermachen und den Vorbereitungen fürs Dinner, also würde ich sagen, wir sind bereit zur Abfahrt!«

Da erschien Doktor White auf dem Bootsdeck. »Mister Leery, sind Sie es etwa, der uns aufhält?«

»Wir sind in einer Sekunde an Bord«, versicherte ihr Dawson.

»Die *Capeside Queen* legt in einer Minute ab!«, bellte Burke; seine Stimme schallte über das menschenleere Dock. In der letzten Viertelstunde hatte ein richtiggehender Touristen-Exodus stattgefunden.

»Okay, okay, gehen wir«, sagte Dawson knapp. »Sind ja nur vier Stunden. Vielleicht können wir das Erlebnis in unsere *Moby Dick*-Aufgabe einarbeiten.«

»Weißt du, Dawson«, meinte Andie, »in *Moby Dick* gab es auch einen großen Sturm. Die *Pequod* wurde von den Wellen hin- und hergeschleudert, es brach Feuer an Deck aus. Captain Ahab hätte es um ein Haar mit einer Meuterei zu tun gehabt und das Boot drohte zu kentern und ... oh!«

Jemand legte Dawson von hinten die Hände auf die Augen. Ihm wurde flau im Magen. Als er sich umdrehte, stand Alexis in einem teuren Ralph Lauren-Regenmantel vor ihm und grinste ihn an. »Wolltest du mich ganz allein in deinem Schlafzimmer lassen?«, fragte sie.

»Ich hatte den Eindruck, es sei dein Job, überall da zu sein, wo Patrick und Candace sind. Und hier sind sie jedenfalls nicht«, sagte Dawson.

»Stimmt. Aber da sie den Tag im Bett verbringen und mich nicht eingeladen haben mitzumachen, darf ich mich euch anschließen.« Sie schlug kurz den Regenmantel auf, um ihre Kamera zu zeigen. »Ich hab die Kamera dabei, also los!«

»Auf geht's, Dawson!«, rief Burke.

Dawson, Andie und Alexis kamen über die Gangway an Bord der *Capeside Queen*. Mit einem lauten Tuten aus dem Nebelhorn startete der Captain die Motoren und seine Männer machten die Leinen los.

Das Boot tuckerte von der Anlegestelle am Dock durch den Capesider Hafen. Das Unternehmen Walbeobachtung hatte begonnen, ob es Dawson gefiel oder nicht.

Andie und Michael standen in der Kombüse und versuchten, ihr Gleichgewicht zu halten. »Willst du nicht doch lieber rauf an Deck?«, fragte Andie und reichte ihm eine Tasse heißen Kakao.

»Nee, nee! Kennste eine tosende See, kennste alle«, spaßte Michael.

Andie nippte an ihrem Kakao. Von ihrem Platz aus konnte sie in den Passagierraum sehen. Dort hielten sich die meisten Mitreisenden auf; sie redeten oder schliefen und bemühten sich, nicht seekrank zu werden. Doktor White und Jonathan waren mit einer Hand voll unerschrockener, klatschnasser Seelen oben an Deck.

»Also, das Mädchen ist schon eine Marke«, sagte Andie, während sie in den Passagierraum schaute. »Ich meine Alexis.«

»Die mit der affektierten Stimme?«, fragte Michael.

»Jetzt, da du es erwähnst, fällt es mir auch auf. Sie hat wirklich eine affektierte Stimme. Also, sie sitzt da unten mit Dawson. Er hat die Augen geschlossen und gibt sich alle Mühe, nicht seekrank zu werden. Und sie filmt ihn dabei!«

»Meinst du, er merkt es nicht?«

Andie zuckte mit den Schultern. »Auf jeden Fall gefällt es ihm nicht, da bin ich mir sicher.«

Michael lehnte sich gegen die Theke. »Es gibt so eine Art reiche Mädchen mit einem gewissen privilegierten Hintergrund – üblicherweise sehen sie total gut aus –, die es einfach nicht glauben können, wenn ein Junge nicht auf sie abfährt. Ich habe das Gefühl, Alexis ist auch so eine.«

Andie sah ihn argwöhnisch an. »Sag mir einfach, dass ich die Klappe halten soll, wenn die Frage zu krass ist, aber woher weißt du, dass sie gut aussieht?«

»Telepathie?«

Andie lachte. »Nein, im Ernst.«

»Okay, dann im Ernst. Ich konnte bis vor zwei Jahren noch sehen.«

»Oh mein Gott, das ist ja schrecklich!«

Aber sofort hielt Andie inne. »Warte, wie konnte ich so etwas sagen! Warum sollte ich es schrecklich finden, dass du die ersten fünfzehn Jahre deines Lebens sehen konntest? Michael, du musst mir einfach den Mund verbieten!«

»Sei nicht so hart gegen dich selbst. Das ist eine ganz normale Reaktion aus dem Bauch heraus«, versicherte ihr Michael. »Vermutlich denkst du daran, dass ich nun weiß, was ich verpasse. Und bevor du die nächste auf der Hand liegende Frage stellst – die Antwort ist: Autounfall. Mein bester Freund war am Steuer. Er wurde aus dem Wagen geschleudert, ich klemmte fest. Sie haben mich nicht schnell genug herausgekriegt, bevor das Ding explodierte.«

Andie griff nach seiner Hand. »Das ist aber wirklich schrecklich.«

»Bedauerst du mich sehr?«

»Ja natürlich!«

»Sehr, sehr viel?«

»Sehr, sehr viel.«

Er grinste sie verschmitzt an. »Gegen etwas Nähe aus Mitgefühl habe ich in der Regel nichts einzuwenden.«

Sie lachte und boxte ihn zum Spaß auf den Arm. »Du bist wirklich verrückt.«

»Hab ich irgendwo schon mal gehört.« Er streckte eine Hand aus und berührte ihr Gesicht. Langsam fuhr er ihre Züge mit den Fingerspitzen nach.

»Oh mein Gott, das ist ja wie in *Schmetterlinge sind frei*!«, rief Andie.

»Wie was?«

»Dieser alte Film mit Goldie Hawn. Sie verliebt sich in diesen göttlichen blinden Typen und er betastet ihr Gesicht, um zu erfahren, wie sie aussieht. Ich liebe diese Szene.«

Michael lächelte. »Ich auch.« Und wieder berührte er Andies Gesicht.

»Sie sagte ihm, sie sähe aus wie die junge Elizabeth Taylor.« Michaels Finger fuhren über ihre Wangen, berührten sanft ihre Lippen. »Und wie es das Schicksal so will, sehe ich nur aus wie Angelina Jolie.«

»Wie sieht die denn aus?«

»Oh, stimmt. Sie ist erst berühmt geworden, als du schon blind warst. Ich meine, ich bin eher ein Winona Ryder-Typ.«

»Meine erfahrenen Finger sagen mir, dass du außer dir selbst niemandem ähnlich siehst, Andie.«

»Vermutlich hast du Recht.« Andie dachte eine Weile nach. »Die meisten Leute, die man kennen lernt, sind so flach. Ich meine, meistens fühlt man sich nur aufgrund des Aussehens zu anderen hingezogen. Aber du kannst ja nicht sehen, wie ich aussehe, also ...«

»Bin ich vielleicht nicht so flach wie die anderen?«, fragte Michael.

»Aber warum solltest du mich mögen, wenn du mich gar nicht kennst?«, platzte Andie heraus. »Ich habe ja nichts dagegen, dass du mich magst. Ich meine, ich fühle mich sehr geschmeichelt, aber ...«

»Mein Bruder hat mir gesagt, wie hübsch du bist«, räumte Michael ein.

»Hat er?«

»Ja«, sagte Michael. »Und nein. Er hat es mir gesagt, aber erst, als ich ihm sagte, dass ich dich mag. Dann gab er zu, dich auch zu mögen. Und dann haben wir uns ganz männlich duelliert. Ich musste ihn schließlich über Bord werfen.«

»Dann ist er jetzt da unten bei den Fischen, hm?«, meinte Andie.

»Bei den Walen auf jeden Fall nicht. Sieht nicht so aus, als wollten sie auftauchen.«

Andie trank von ihrem Kakao. »Irgendwie merkwürdig, aber ich finde das gar nicht so schlimm.«

Michael lächelte und griff nach ihrer Hand. »Irgendwie merkwürdig, aber ich auch nicht.«

Dawson stöhnte. Ihm war bereits nach fünfzehn Minuten Fahrt schlecht geworden. Und die Übelkeit hatte sich verstärkt, sobald die *Capeside Queen* das offene Meer erreichte. Der Wellengang war heftig und das Boot schaukelte auf und nieder. Dawson suchte sich ein ruhiges Plätzchen und versuchte einfach, es zu überstehen. Einfach nur dasitzen, zu viel mehr war er auf der ganzen Fahrt noch nicht in der Lage gewesen. Glücklicherweise hatte er beim Frühstück nicht viel gegessen.

Er überlegte, ob es ihm besser ginge, wenn er die Augen öffnete – oder noch schlechter. Er beschloss, es zu riskieren. Alexis stand vor ihm und hielt ihm die Videokamera ins Gesicht.

»Was machst du da?«

»Rat mal!«

»Es wäre wirklich nett, wenn du mich jetzt nicht filmen würdest, Alexis.«

»Ich habe schon sehr viel Material. Ich wusste gar nicht, dass es so viele Variationen von Grün in einem menschlichen Gesicht geben kann. Dafür könnte man glatt einen Preis bekommen.«

»Ich werde den Leuten in Cannes Bescheid sagen.«

Da klatschte das Boot unsanft gegen eine hohe Welle, Alexis verlor das Gleichgewicht und fiel direkt in Dawsons Arme.

»Sorry«, sagte sie, bewegte sich aber keinen Zentimeter. Also rückte er von ihr ab. Sie lachte. »Du bist wirklich amüsant.«

»Gut zu wissen, dass ich über solche Entertainer-Qualitäten verfüge. Weißt du, wie lange wir noch hier draußen bleiben?«

»Eine Stunde. Dann fahren wir zurück.«

»Eine Stunde ...«, entgegnete Dawson. »Das sind sehr viele Sekunden.«

»Vielleicht fühlst du dich besser, wenn du zum Festland schaust«, schlug Alexis vor. »Das hat Doktor White uns nämlich geraten, während du geschlafen hast. Hat irgendwas mit dem Gleichgewicht und dem Innenohr zu tun.«

»Wenn ich aufs Festland schauen will, muss ich aufstehen und raus aufs Deck; das geht jetzt gar nicht. Und es ist doch neblig.«

»Nicht mehr«, sagte Alexis. »Der Nebel hat sich aufgelöst. Jedenfalls ein bisschen. Doktor White hält da oben wissenschaftliche Vorträge. Der Meeresforscher, der das eigentlich tun sollte, ist zu krank zum Reden.« Sie setzte die Kamera ab. »Mal im Ernst, komm mit raus, da geht es dir besser.«

Er sah sie misstrauisch an. »Das klang ja gerade fast menschlich.«

»Du hältst nicht besonders viel von mir, nicht wahr?«

Dawson erinnerte sich daran, dass er sie nicht verärgern wollte. Aber vielleicht war es sowieso schon zu spät. »Ich kenne dich ja gar nicht gut genug, Alexis«, wich er ihrer Frage aus.

»Stimmt. Und lass mich etwas klarstellen: Für gewöhnlich jage ich keinen Kleinstadt-Schuljungen hinterher, die kein Hirn haben und noch weniger Lebenserfahrung.«

»Nun, wenn sich diese kleine Schmährede auf mich bezieht, muss ich sagen: Du kennst mich kein bisschen, Alexis.«

»Ganz genau.« Sie sah ihm in die Augen. »Ist es nicht beleidigend und nervig, wenn jemand, der nichts von einem weiß, so tut, als wüsste er alles?«

Das warf sie ihm also vor, dachte Dawson. Und sie hatte Recht.

»Verstanden. Und ich entschuldige mich.«

Sie beugte sich vor und küsste ihn auf die Wange. »Entschuldigung akzeptiert.« Sie griff nach seiner Hand. »Komm schon, gehen wir nach oben.«

Dawson rappelte sich auf. »Ich komme. Wale in Sicht?«

»Kein einziger. Aber Doktor White sagt, wir haben immer noch gute Chancen.« Sie führte ihn hinaus in die kalte salzige Luft. Es hatte tatsächlich aufgehört zu regnen, allerdings sah es so aus, als finge es jede Sekunde wieder an. Alexis atmete tief durch. »Siehst du, gar nicht so schlecht, hm?«

»Dawson!«, rief Freddie, sobald er Dawson erblickt hatte. »Komm und angel mit uns!«

»Hol Dawson noch 'ne Schnur«, wies Ike Mike an. »Dawson, wir fangen das Dinner für heute Abend, während wir auf die Wale warten.«

Die Sumo-Brüder meinten es ernst. Sie standen steuerbord entlang der Reling und hatten sich Bootsstangen unter die Arme geklemmt. Dawson sah zu, wie Freddie weit ausholte und die Schnur mit dem Blinker im hohen Bogen ins Wasser schleuderte. Es dauerte nicht lange, da bog sich seine Rute und drohte fast in der Mitte durchzubrechen.

»Hau ruck!«, rief Ike. »Hau ruck!«

Freddie holte rasch die Schnur ein und die Leute kamen vom ganzen Boot zusammen, um ihm zuzusehen. Seine Angelrute schlug unter dem Gewicht des zappelnden Fisches hin und her. »Sieht aus wie ein kleiner Hai«, bemerkte Burke wissend. »Die kämpfen so.«

Aber der erste Maat lag falsch. Als der Fisch an die Oberfläche kam, musste er sich berichtigen. Es sei ein Kabeljau, erklärte er den Passagieren, und dazu ein recht großer, mindestens fünf Kilo, vielleicht sogar mehr. Der Maat brachte einen Landungshaken und holte damit den dicken Fisch an Bord.

»Unser Dinner!«, rief Ike stolz. »Dawson, weiß Joey, wie man Fisch ausnimmt und sauber macht?«

Bevor Dawson antworten konnte, dröhnte plötzlich die Stimme von Doktor White über die Lautsprecheranlage. Glück für ihn, denn er war absolut sicher, dass Joey gewiss nicht vorhatte, einen Fisch auszunehmen.

»Wale! Wale in Sicht! Auf Nord-Nordost, in dreihundert Meter Entfernung, auf Nord-Nordost! Meine Damen und Herren, wir haben da zwei Buckelwale!«

Alle Passagiere rannten auf die Backbordseite des Boots. Sie waren nicht genug, um das gut gebaute Boot ernsthaft ins Schwanken zu bringen. Alle schauten angestrengt aufs Meer hinaus, während die Wellen das Boot auf und ab schaukelten.

»Dawson! Sieh nur! Da sind sie!« Andie wies mit dem Finger hinaus in die Weite.

»Wo?«, fragte Dawson. Er konnte auf dem grauen Meer nichts erkennen. Aber da sah er sie – zwei gefleckte Körper – und da leuchtete etwas Weißes auf, als einer der Buckelwale mit der Schwanzflosse schlug!

»Sie kommen näher«, kündigte Doktor White an. Sie hatte offensichtlich großen Gefallen an ihrem unvorhergesehenen Job als meeresbiologische Bootsbegleiterin. »Jetzt sind es nur noch zweihundert Meter. Sie sehen uns. Sie kommen näher, sie wollen Hallo sagen! Wie gut, dass die anderen Boote im Hafen geblieben sind, denn nun haben die Wale keine Angst!«

»Erstaunlich! Wahrhaft erstaunlich!« Dawson war so fasziniert, dass er seine Übelkeit sofort vergaß. Er stand wie angewurzelt da, während die Wale näher kamen. Sie waren riesengroß.

»Einer hebt gerade den Kopf aus dem Wasser«, erklärte Andie Michael. »Oh, ich wünschte, du könntest es sehen!« Jonathan war auf der anderen Seite von Michael und beschrieb seinem Bruder jedes Detail.

»Der Wal, der jetzt den Kopf aus dem Wasser gesteckt hat,

spioniert die Lage aus«, erklärte Doktor White. »Gleich wird er sich drehen, um sich umzusehen.« Und während sie das sagte, fing der Wal wie aufs Stichwort an, sich zu drehen.

»Unglaublich!«, keuchte Andie.

Platsch! Einer der Wale machte einen riesigen Luftsprung, keine vierzig Meter von der *Capeside Queen* entfernt, und schlug mit enormer Wucht wieder auf der Wasseroberfläche auf.

»Ein Ausbruch«, sagte Doktor White ruhig. »Vielleicht will er spielen, vielleicht will er zeigen, wie stark er ist, vielleicht befreit er sich aber auch nur von den Parasiten, die er auf der Haut trägt.«

»Elvis springt mal eben rein und fragt ihn!«, witzelte Ike.

»Das könnte er wirklich«, murmelte Andie. »Elvis ist größer als der Wal.«

Alle Augen waren wie gebannt auf die gigantischen Säugetiere gerichtet. Ein wahres Wunder. Alexis war so vertieft in den Anblick, dass Dawson sie an ihre Videokamera erinnern musste. Eine halbe Stunde lang tollten drei, manchmal vier Buckelwale um die *Capeside Queen*. Dann sprang einer nach dem anderen in die Höhe. Und dann waren sie genauso schnell verschwunden, wie sie aufgetaucht waren.

Ein unschlagbares Timing, denn Wind und Regen wurden bereits wieder heftiger und schaukelten das Schiff so heftig, dass sich die Passagiere an der Reling festhalten mussten.

»Der Captain möchte, dass alle in den Passagierraum zurückkehren«, erklärte Doktor White ruhig. »Alle Passagiere unter Deck! Wir fahren zurück.«

Dawson wollte Michael zu Hilfe eilen, aber Andie und Jonathan waren schon an seiner Seite und führten ihn hinunter. Als Dawson den Passagierraum betrat, begannen die Motoren der *Capeside Queen* laut zu stampfen und der erfahrene Captain lenkte das Boot sicher zurück Richtung Hafen. Bei dem starken Seegang dauerte die Fahrt eine Stunde. Und eine Viertelstunde, bevor sie den Hafen erreichten, goss es wieder heftig.

Kurz bevor sie andockten, sagte Andie zu Dawson: »Ist es nicht toll? Der Trip ist doch noch ein voller Erfolg geworden. War das nicht ein unglaublich faszinierendes Erlebnis, Dawson?«

»Ja, das war es. Joey wird es sehr bedauern, nicht dabei gewesen zu sein.«

»Pacey auch.«

Dawson lächelte versonnen. Ihm fiel auf, wie selbstverständlich es für ihn war, dass Joey und Pacey da waren, egal, wie die Beziehungen unter ihnen allen sich verändert hatten. Er seufzte.

»So ist nun mal das Leben, Dawson«, sagte Andie und erhob sich, um das Boot zu verlassen. »So ist es nun mal.«

KA-WUMM!

Die altmodische Kanone aus den Zeiten des Revolutionskrieges am westlichen Ende der städtischen Grünanlagen feuerte Salutschüsse ab und Ms. Thatchers Ersatzfrau Lydia Gerkin, Präsidentin der Capesider Bürgervereinigung zum Wohle der Stadt, blickte zufrieden von der kleinen Bühne, die man eigens errichtet hatte.

»Die Spiele sind eröffnet!«, verkündete Lydia. Die spärliche Ansammlung von knapp zweihundert Menschen auf dem Rasen applaudierte halbherzig. Die meisten waren nass bis auf die Haut, obwohl man sich mit allen Arten von Regenkleidung gewappnet hatte. Immerhin goss es mittlerweile nicht mehr wie aus Eimern. Stattdessen hatten sie mit einem erbarmungslosen Nieselregen zu kämpfen.

Dawson seufzte. In früheren Jahren, als das Wetter mitgespielt hatte, waren die Veranstaltungen am Samstagnachmittag des Wochenendes der Wale immer ein Großereignis gewesen. Zusätzlich zu den Hundertschaften Touristen, die das ganze Wochenende gebucht hatten, kamen zum Tag der Spiele mit den vielen Imbissbuden und Musikauftritten normalerweise gut tausend Leute aus der ganzen Umgebung dazu. In diesem Jahr aber hatte das grauenhafte Wetter dem Interesse der Bevölkerung einen erheblichen Dämpfer aufgesetzt.

Doch Ms. Gerkin war fest entschlossen, die Sache durchzuziehen. Es sollte ein großer Spaß werden, ob die Sonne nun schien oder nicht.

Eine Stunde zuvor hatte die *Capeside Queen* am Dock festgemacht. Jen war ans Wasser gekommen, um die Bootsfahrer in Empfang zu nehmen. Sie richtete Andie Joeys Bitte aus, ihr in der Pension bei den Vorbereitungen fürs Dinner zu helfen. Andie, so hatte Joey gesagt, war die Einzige, von der sie sicher war, dass sie eine essbare Mahlzeit zubereiten konnte. Und Jen, die sollte mit Dawson zu den Spielen gehen und helfen, die schlecht gelaunte Menge zu unterhalten.

Andie sah auf die Uhr. »Da habe ich ja noch etwas Zeit, bevor Joey mich braucht.«

»Gut«, sagte Michael grinsend. »Hast du Lust auf mehr Kakao?«

»Klingt gut.« Die beiden marschierten zum Getränkestand.

»Ich würde gern kurz nach Hause und mir was Trockenes anziehen«, sagte Dawson zu Jen. »Ich bin nass bis auf die Knochen.«

Sie reichte ihm ein kleines Handtuch. »Bin ich nicht eine richtige Pfadfinderin? Immer auf alles vorbereitet sein ist mein Motto.«

Dawson rieb sich rasch über Gesicht und Haare. Oben auf der Bühne hielt Ms. Gerkin eine engagierte Rede über all die lustigen Dinge, die am Nachmittag veranstaltet werden sollten. Aber im Publikum wollte keine rechte Stimmung aufkommen.

»Arme Lydia«, sagte Jen. »Ihr hat es wirklich den großen Auftritt verregnet. Ich nehme an, Wale habt ihr auch nicht gesehen?«

»Haben wir wohl. Willst du das Handtuch zurück?«

Jen nahm es. »Moby ist tatsächlich aufgetaucht?«

»Viele Mobys, Jen. Sie waren großartig. Es tut mir so Leid, dass du das verpasst hast.«

»Mir auch.«

»Wir fahren noch mal raus«, versprach ihr Dawson. »Wenn das Wetter wieder besser ist.« Er sah sich um. »Man hätte das Ganze absagen oder verschieben sollen. Das hier ist doch Mitleid erregend.«

»Nein, Mitleid erregend ist es, wenn man sich an schlechter Mayo vergiftet und zwei Tage kotzend im Krankenhaus verbringt. Wie geht es eigentlich Gale und Mitch?«

»Viel besser. Ich habe sie heute Vormittag angerufen. Morgen sollen sie entlassen werden. Und wie geht es unseren Gästen, die an Land geblieben sind?«

»In der Pension? Die hängen immer noch da rum«, sagte Jen. »Aber ich glaube, wenn die Martinos nicht für das ganze Wochenende im Voraus bezahlt hätten, wären sie bereits abgereist. Joey erwartet jede Minute, dass Mrs. Martino ›Erstattung!‹ schreit. Glücklicherweise – oder unglücklicherweise – hat man sie seit dem Frühstück nicht mehr gesehen.«

»Vielleicht hat sich Mr. Martino von *Eating Raoul* inspirieren lassen«, sagte Dawson.

»Gewonnen, Dawson. Du hast gerade einen Film erwähnt, den ich nicht kenne«, gab Jen zu.

»Es ist eine tolle schwarze Komödie über ein Paar, das Leute umbringt und sie dann zum Essen portioniert.«

Jen fasste sich an den Bauch. »Ich fühle mich plötzlich, als hätte ich was von der schlechten Mayo gegessen.«

»Wir werden uns doch vom Wetter nicht unsere Wochenendpläne durchkreuzen lassen, nicht wahr?«, rief Ms. Gerkin gerade ins Mikrofon. Es gab ein paar halbherzige Unterstützungsrufe.

»Super! Lassen Sie uns positiv denken, bis Mutter Natur ihren Spielplan ändert. Denn dies hier ist nur ein wenig ... flüssiger Sonnenschein!«

»Flüssiger Sonnenschein«, wiederholte Jen ungläubig.

Dawson zuckte mit den Schultern. »Für ihren Kampfgeist hat sie wirklich ein paar Punkte verdient, angesichts der desolaten Lage.«

»Wir werden den Nachmittag mit einer besonderen Präsentation beginnen«, sagte Ms. Gerkin und faltete die

Hände. »Ich habe verfolgt, wie diese entzückenden talentierten Leute wochenlang für diesen Moment geprobt haben, und ich muss zugeben, ich bin ein wenig voreingenommen, aber es ist wirklich super. Bitte begrüßen sie die Capesider Laienspielgruppe mit einer besonderen dramatischen Lesung von Herman Melvilles *Moby Dick.*« Obwohl sie enthusiastisch applaudierte, folgte nur eine Hand voll Leute ihrem Beispiel.

Jack, Andie, Jonathan und Michael tauchten bei Jen und Dawson auf. Sie hatten sich heiße Schokolade mitgebracht. »Ist das gerade Realität oder haben wir alle denselben Albtraum?«, fragte Jack, als die Amateurschauspieler in Walfängerkluft aus dem 19. Jahrhundert auf die Bühne traten.

»Mir hat schon das Lesen keinen Spaß gemacht, da will ich mir ganz gewiss keine Amateure beim Vorlesen anhören«, sagte Jen.

»Ich würde sagen, wir beurteilen das später«, sagte Andie bestimmt.

Einer der Akteure – er trug einen langen künstlichen Bart – trat aus der Reihe der Schauspieler vor und nahm eine dramatische Pose ein. Dann fing er mit einem Notizbuch in der Hand an zu intonieren:

»Erstes Kapitel. Die Kimm. Nennt mich Ismael. Vor einigen Jahren – gleichviel, wie lange es her ist –, als eines Tages mein Beutel leer war und an Land mich nichts mehr hielt, kam mir der Gedanke, mich ein wenig auf See umzutun und den nassen Teil der Welt zu besehen.«

»Um sich den nassen Teil der Welt anzusehen, muss man gar nicht von Capeside weg!«, rief jemand aus der Menge.

Jen verkniff sich prustend ein Lachen. »Ein Zwischenrufer?«

»Das ist ja furchtbar«, sagte Andie.

Jen zuckte mit den Schultern. »Aber lustig.«

Das fand der Rest des Publikums auch; viele Leute kicherten. Der Schauspieler in der Rolle des Ismael war irritiert. Aber er machte tapfer weiter.

»Das ist so meine Art, mich wieder zur Räson zu bringen und mir das Blut aufzufrischen.«

»Davon brauchst du uns nichts erzählen, Kumpel!«, störte der Zwischenrufer. »Hättest sehen sollen, wie es am Freitagabend im Feuerwehrhaus zuging. Danach mussten sie auch ein paar Leuten das Blut auffrischen!«

Die Menge brüllte vor Lachen. »Es tut mir Leid, dieser Typ ist wirklich zum Schreien«, sagte Jonathan und lachte lauthals.

»Aber es ist so gemein«, protestierte Andie.

Dawson verrenkte sich den Hals, aber er konnte nicht ausmachen, wer der Zwischenrufer war. »Ich teile zwar seine Gefühle, aber ich finde es abstoßend, einen Schauspieler zu stören, auch wenn er richtig schlecht ist. Ich meine, guckt euch doch den armen Typen an!«

Oben auf der Bühne ließ der Akteur, der Ismael spielte, den Kopf hängen. Er musste warten, bis die lachende Menge sich beruhigte. Dann holte er tief Luft und fing noch einmal an, aus seinem Notizbuch zu lesen:

»Immer, wenn mir der Missmut am Mundwinkel zerrt und nieselnder November in die Seele einzieht ...«

»Ja, genau wie heute, Kumpel!«, brüllte der Störenfried. Diesmal explodierte die Menge förmlich vor Lachen.

»Seht nur, sogar Ms. Gerkin lacht!« Jen zeigte auf die rundliche kleine Frau, die neben der Bühne stand und sich wie Bolle amüsierte.

»Armer Ismael«, meinte Michael lachend.

Dawson konnte nicht anders, er hatte Mitleid mit dem Kerl. Er beschloss, den Zwischenrufer zu finden und ihn zum Schweigen zu bringen. Auf die freundliche Art natürlich.

»Komme gleich wieder.« Dawson bahnte sich einen Weg durch die Menge und hielt nach dem Störenfried Ausschau. In der Zwischenzeit ging die Show weiter.

»Wenn ich unwillkürlich vor den Fenstern der Sargtischler stehen bleibe und jedem Leichenzug hinterher trotte, der mir

in die Quere kommt; und nun gar, wenn die Grillen überhand nehmen …«

»Den Depp, der dieses Wetter bestellt hat, würde ich auch gern zum Sargtischler schicken!«

Jetzt war die Menge außer sich vor Frohsinn und alle reckten die Hälse nach dem übermütigen Zwischenrufer. Dawson bemerkte einen Kreis Leute, die um jemanden herumstanden – das war bestimmt der Zwischenrufer. Dawson quetschte sich zwischen den Leuten durch. »Hey, Kumpel«, fing er an, »findest du es nicht ziemlich unsensibel …«

Er hielt inne. Da saß Sumo-Bruder Fred mit ebenso einem Notizbuch, wie es die Schauspieler auf der Bühne hatten. »Hey, Dawson!«, grüßte ihn Fred. »Was für eine Party! Willst du meine Rolle übernehmen? Macht echt Spaß!«

Dawson war perplex. »Du meinst, das gehört alles …«

»Zur Show«, beendete Freddie flüsternd den Satz. »Jemand hat mich Ms. Gerkin da oben empfohlen und sie haben mir das Skript gegeben, als ich vom Boot kam.« Er warf einen Blick auf das Notizbuch. »Oh, Moment, gleich muss ich was sagen.«

»Zuweilen hegt wohl jeder auf seine Weise ähnliche Empfindungen für das Weltmeer wie ich – er weiß nur nichts davon.«

»Yo, vom Weltmeer krieg ich auch immer tolle Empfindungen! Bringt mir schnell die Pillen gegen Seekrankheit!«, rief Freddie.

Diesmal kippte das Gelächter der Menge die Darbietung. Der Schauspieler schlich betreten von der Bühne.

Ms. Gerkin eilte ans Mikrofon. »Meine Damen und Herren, darf ich um Applaus für unseren wunderbaren Zwischenrufer Fred bitten!«

Alles drehte sich zu Fred um. Nun begriffen die Leute, dass sich die Schauspieltruppe einen Spaß mit ihnen gemacht hatte. Fred sprang auf und ab und winkte der Menge zu, die ihn bejubelte.

Jetzt musste auch Dawson lachen. Was die Stimmung

anging, war dies bislang das Highlight des Wochenendes der Wale gewesen.

»Und weiter geht es mit unserer nächsten Attraktion«, verkündete Ms. Gerkin nach einer halbstündigen Pause, in der Fred von vielen Kids um ein Autogramm gebeten wurde. »Der nächste Tagesordungspunkt ist das Walfang-Speerwerfen. Der Sieger bekommt ein Capeside-T-Shirt.«

»Ist ja nicht besonders viel«, bemerkte Jack.

»Und ein Dinner für zwei im *Capeside Manor*«, ergänzte Ms. Gerkin.

»Schon besser«, meinte Jack anerkennend.

»Alle Teilnehmer versammeln sich bitte am südlichen Ende der Grünanlage. Machen Sie alle mit!«

Das Speerwerfen war ein fester Bestandteil des jährlichen Wochenendes der Wale. Vor einigen Jahren hatten die Teilnehmer tatsächlich noch ihre Speere auf eine riesige Holzfigur in Form eines weißen Wals geschleudert und versucht, das Herz zu treffen. Aber nachdem Schüler der High School dagegen protestiert hatten, da die Wale mittlerweile zu den bedrohten Tierarten gehörten, ließen sich die Organisatoren des Festivals eine neue Zielscheibe einfallen. Nun war es eine überlebensgroße Figur, die aussah wie Captain Ahab.

»Mal wieder ganz im Sinne der *political correctness*«, dachte Dawson und machte sich auf zu dem Wettbewerb.

»Willst du mitmachen?«, fragte Michael Jonathan. »Wenn ja, werde ich dich besiegen müssen.«

Jonathan beugte sich zu Andie vor: »Den schaffe ich sogar, wenn man mir eine Hand auf den Rücken bindet«, prahlte er.

»Das habe ich gehört«, sagte Michael. »Aber du wirst dich noch umgucken!«

Andie sah von einem Bruder zum anderen. »Ihr macht Witze, oder?«

»Falsch«, entgegneten die Brüder unisono, aber sie lachten dabei.

Andie sah Michael an. »Michael, ich finde deine Einstellung wirklich großartig. Beispielhaft. Aber wie willst du beim Speerwerfen mitmachen?«

Er bot Andie seinen Arm an und sie hakte sich ein. »Führ mich einfach zu den Walfanggründen, wo ich sowohl deine Angst als auch meinen Bruder Jonathan besiegen werde.«

»Keine Chance!«, rief besagter Bruder.

Sie gingen zum südlichen Ende der Grünanlagen, wo der Speerwurf-Wettbewerb bereits begonnen hatte. Elvis stand mit dem Speer in der Hand hinter einer weißen Linie an die zwanzig Meter von der Captain-Ahab-Figur entfernt. Dann nahm er Anlauf und schleuderte mit einem gewaltigen Schrei den Speer in die Luft.

Ratsch! Er blieb in Captain Ahabs Oberschenkel stecken. Die Menge jubelte, aber Elvis schüttelte den Kopf. »Ich bin stärker, als gut für mich ist«, sagte er, als einer der Helfer die Einstichstelle des Speers mit Elvis' Namen beschriftete.

Jonathan nahm einen Speer und stellte sich auf. »Viel Glück, Bruderherz«, rief ihm Michael zu. »Das wirst du nämlich brauchen!«

Andie sah Michael zweifelnd an. »Hör mal«, sagte sie. »Es ist ja toll, dass du so einen Enthusiasmus hast, aber wie willst du ...«

Mit einer Handbewegung schnitt er ihr das Wort ab, als sein Bruder bis zur Linie Anlauf nahm und den Speer auf Captain Ahab warf. *Wumm!* Er blieb in Ahabs linker Schulter stecken, nicht weit vom Herzen. Die Zuschauer applaudierten. Bislang der beste Treffer!

Michael trat dicht an Jonathan heran. Andie verstand kaum, was sie beredeten; es ging wohl um den genauen Standort der Zielscheibe und darum, wie viele Schritte sie von ihm entfernt war. Als Ms. Gerkin Wind davon bekam, dass nun ein blinder Teilnehmer werfen wollte, fiel sie fast in Ohnmacht. Rasch versuchten die Organisatoren, es Michael auszureden, indem sie Sicherheitsbedenken anmeldeten.

»Also«, schloss Ms. Gerkin, »ist dies vielleicht nicht ganz der richtige Wettkampf für Sie, Mister White, wenn man Ihren ... ähm ... Zustand bedenkt.«

»Was für einen Zustand denn?«, fragte Michael.

Jonathan musste sich umdrehen, damit Ms. Gerkin nicht sah, wie er grinste.

»Nun, also, Ihre ... Behinderung«, stotterte Ms. Gerkin.

»Madam, ich weiß Ihre Sorge zu schätzen«, sagte Michael. »Aber ich kann mindestens genauso gut sehen wie Captain Ahab. Und wie Sie selbst sagten, gibt es in der Nähe der Zielscheibe keine Zuschauer. Ich werde sie doch wohl nicht wegen Diskriminierung eines Sehbehinderten verklagen müssen!«

»Nein, um Himmels willen, nein!«, rief Ms. Gerkin.

Michael grinste. »Super.« Er stellte sich an die Wurflinie. Es hatte sich schnell herumgesprochen, dass ein Blinder beim Speerwerfen mitmachen wollte, und die Leute strömten herbei.

»Könnte jemand vielleicht mit einem Gegenstand auf Ahabs Herz schlagen? Mit einem Hammer, einem Teller, einer Frisbeescheibe, irgendwas. Nur laut genug, damit ich es hören kann.«

»Ich mach das«, rief Andie. »Aber wirf bloß nicht, bevor ich dir ein Zeichen gebe.« Sie eilte zu der Pappfigur hinüber, zog einen Schuh aus und schlug mit der Sohle ein paar Mal auf Captain Ahabs Brustkorb. »Laut genug?«

»Noch einmal«, verlangte Michael. Er legte konzentriert die Stirn in Falten, als Andie noch ein paar Mal auf die Figur schlug. »In Ordnung! Sag mir, wenn du aus der Schusslinie bist.«

Andie lief an die Seitenlinie, weit weg von der Pappfigur, und rief: »Okay, ich bin weg!«

Michael nickte und atmete tief durch. Ringsherum wurde es mucksmäuschenstill.

Jen kam ganz dicht an Dawson heran. »Meinst du, ihm hilft beim Zielen das Geräusch, das er gehört hat? Ist so was möglich?«

»Ich glaube, das werden wir gleich erfahren«, entgegnete Dawson.

Als Michael gerade werfen wollte, drang ein lauter Schrei vom anderen Ende des Parks herüber.

»Was ist denn da los?«, fragte Michael.

»Die Sumo-Dichter rutschen durch den Schlamm«, erklärte Jonathan und beobachtete das Treiben auf der anderen Seite. »Freddie hat gerade zwanzig Meter Anlauf genommen und sich mit dem Bauch zuerst in eine riesige Schlammpfütze gestürzt. Ich glaube, er hat dabei eine alte Dame aus Palm Springs und ihren Pudel überrannt.«

»Wie ich so was hasse«, bemerkte Michael trocken. Er holte tief Luft und konzentrierte sich. Dann machte er drei große Schritte und ließ den Speer fliegen. Er traf die Pappfigur exakt an derselben Stelle wie sein Bruder. Die Menge jubelte.

»Wie war ich?«, fragte Michael. »Wo hab ich ihn getroffen?«

Andie rannte auf ihn zu und umarmte ihn. »Du hast genauso gut getroffen wie Jonathan. Das ist Wahnsinn!«

»Nicht wirklich«, sagte Michael. »Ich wollte besser sein.«

»Aber Michael, das ist doch nicht ganz realistisch.«

Michael zuckte mit den Schultern. »Was ist schon realistisch? Wie viele Teilnehmer gibt es noch?«

»Keine«, sagte Dawson. »Aber Emily LaPaz hat euch beide besiegt. Um ein paar Zentimeter.«

»Wo ist das Frauenzimmer?«, rief Michael und tat so, als ärgere er sich schrecklich. »Ich fordere Revanche!«

»Zu spät, Bruder«, sagte Jonathan. »Sie bekommt soeben das Sieger-T-Shirt überreicht.«

»So ein Mist. Na ja, wenigstens hast du mich nicht geschlagen«, meinte Michael.

»Nächstes Mal!«, versprach Jonathan. »Pass bloß auf!«

Andie sah zu, wie die Brüder sich kabbelten. Es war ihnen deutlich anzusehen, wie gern sie sich hatten. Sie musste an

Jack denken. Ich liebe meinen Bruder so sehr, dachte sie. Wenn ihm je etwas zustieße …

Es schauderte sie. Daran mochte sie nicht einmal denken.

Plötzlich legte ihr jemand den Arm um die Schulter. »Hallo, Schwester.«

Jack war nicht oft so direkt. Aber auch er hatte Michael und Jonathan beobachtet.

Andie lächelte ihn an. »Hey.«

»Wenn ich mir die Zwillinge so anschaue«, meinte Jack, »drängt sich mir der Gedanke auf, was für ein fabelhaftes Bruder-Schwester-Team wir beide sind.«

Jack hatte also in diesem Moment dieselben Empfindungen gehabt wie sie. Andie lehnte sich an seine Schulter. »Komisch, dasselbe habe ich auch gerade gedacht.«

9

Joey sank auf den nächstbesten Stuhl und betrachtete die Unmengen von schmutzigem Geschirr, die sich in der gesamten Küche türmten. Ihre Freunde mussten ebenfalls verschnaufen. Sie hatten den Pensionsgästen ihr Dinner serviert, der enorme Abwasch war der Beweis. Und Pacey war nun aufgebrochen, um Doktor White, Patrick und Candace zurück auf die andere Seite der Bucht zu rudern.

Die Zwillinge und Alexis warteten unten am Ufer auf Joey, Andie, Dawson und Jen, bis diese mit dem Aufräumen fertig waren. Jonathan hatte vorgeschlagen, den Abend gemeinsam zu verbringen, und Andie wollte den Gästen Dunn's Leuchtturm zeigen.

»Dabei stellt man sich das Leben eines Gastwirts so einfach vor«, meinte Dawson angesichts des Chaos in der Küche.

»Deine Eltern haben doch ein Restaurant, Dawson«, bemerkte Jen. »Berge von Abwasch dürften für dich nichts Neues sein.«

»Stimmt. Aber die Aussicht, weiter auf die Schule zu gehen, lässt hoffen, dass meine Tage als Tellerwäscher gezählt sind.«

Joey stand auf und streckte sich. »Bringen wir es hinter uns!« Sie schnappte sich einen Stapel schmutzige Teller.

»Ich spüle vor und du räumst die Maschine ein, Joey«, sagte Andie. »Dawson, du bringst den Müll raus. Und Jen, du kannst mal eben die Tische abwischen. Und im Esszimmer staubsaugen.«

»Du hast auch für alles eine Checkliste, oder?«, meinte Jen.

»Du kennst mich doch, immer gut organisiert!«, flötete Andie. Sie ging an die Spüle und fing an, das Geschirr abzuspülen und die Teile an Joey weiterzugeben. »Alles in allem würde ich sagen, das Dinner war ein Erfolg, Joey. Die Lasagne war großartig!«

»Ich habe die zweite Ladung verbrennen lassen, Andie«, bemerkte Joey. »Lasagne ist im Allgemeinen obendrauf nicht schwarz.«

»Okay, also, der Salat war super.«

»Mrs. Martino hat in ihrem eine Fliege gefunden.«

»War wirklich komisch, niemand außer ihr hat das angebliche Insekt gesehen«, sagte Dawson und verschnürte den Müllsack. »Ich glaube, Mr. Martino ist mit einer Verrückten verheiratet.«

»Die Sumos müssen Inhaber mehrerer Weltrekorde im Essen oder so was sein«, meinte Jen. »Die Berge, die sie verschlingen, machen einem ja Angst. Aber wenigstens wissen sie, wie sie ihren Fisch sauber machen und zubereiten müssen.«

Andie reichte Joey einen Teller. »Positiv betrachtet gibt es aber auch keine Reste, mit denen wir uns rumschlagen müssen.«

»Allmählich bist du mir ein wenig zu positiv, Andie.«

Andie zuckte mit den Schultern. »Und wenn du mich schlägst, ich bin glücklich. Ich glaube, die Lasagne-Form weichen wir erst mal ein.«

»Captain Pacey meldet sich zum Rapport«, rief Pacey und kam in die Küche. »Patrick und Candace wollen, ich zitiere, ›früh ins Bett‹ und Doktor White geht noch mit Grams aus.«

Jen lachte. »Das ist wohl ein Witz! Der einzige Ort, den Grams abends aufsucht, ist der Bibellesekurs. Und der findet nicht am Samstagabend statt.«

»Also, heute Abend gehen die beiden jedenfalls irgendwohin und es hat nichts mit Kirche zu tun. Es scheint, als hätten sich deine Großmutter und die Expertin für Wale und andere Unterwasser-Säugetiere schwesterlich vereint«, berichtete Pacey.

Jen schrubbte einen Fleck auf der Küchentheke weg. »Ich kann es mir schon lebhaft vorstellen. Wahrscheinlich pirschen sie über die Main Street und schauen, ob sie da ein paar süße Jungs aufreißen können.«

»Details haben sie mir nicht verraten, Jen«, sagte Pacey. »Aber so viel kann ich dir verraten: Lippenstift und Parfüm waren auf jeden Fall im Spiel.«

Jen hielt inne. »Lippenstift? Parfüm? Meine Großmutter? Diese drei Worte sind noch nie in einem Zusammenhang genannt worden!«

»Ich bin fest entschlossen, ordentlich Lippenstift und Parfüm zu benutzen, wenn ich in diesem Alter bin«, sagte Andie. »Und ich werde sogar rote Spitzendessous tragen.«

»Für irgendeinen glücklichen alten Kauz im schicken Slip«, ergänzte Pacey. Aber er kam nicht umhin, sich Andie in besagten roten Dessous vorzustellen, allerdings in ihrem jetzigen Alter. Er war so verliebt in sie gewesen. Ob Andie Recht hatte? Vielleicht vergaß man seine erste Liebe tatsächlich nie.

Er sah zu Joey hinüber. Vielleicht war diejenige, von der man dachte, sie sei die große Liebe, es aber gar nicht. Alles zwischen ihm und Joey war neuerdings so ...

»Also, wäre das 'ne Maßnahme, Pacey?«, fragte Dawson.

»Was? Sorry, ich war gerade mit meinen Gedanken woanders«, entgegnete Pacey zerstreut.

»Ich sagte, ich wäre dir bis in alle Ewigkeit dankbar, wenn du so tun könntest, als interessiertest du dich für Alexis, damit sie mich mal in Ruhe lässt«, wiederholte Dawson.

Pacey nickte. »Eine schöne, reiche, intelligente, talentierte junge Frau, die ebenfalls, das muss ich erwähnen, sehr am Thema Film interessiert ist, wirft sich dir quasi an den Hals und ich soll übernehmen?«

»So in die Richtung«, antwortete Dawson. »Hast du irgendwo noch mehr Müllsäcke, Joey?«

»Da im Schrank. Zweites Regal von oben. Pacey, du hast vergessen, ihr egozentrisches, allürenreiches, grandioses Wesen zu erwähnen«, bemerkte Joey. »Nicht, dass ich so was nicht charmant fände ...«

»Grandios? Wirklich?«, fragte eine Stimme von der Tür her.

Oh nein, dachte Joey. Denn es klang wie ...

»Hallo, Alexis«, sagte Jen rasch. »Wir haben gedacht, du wärst mit den Zwillingen unten am Dock!«

»Aber glücklicherweise bin ich gerade zurückgekommen, um aufs Klo zu gehen, und konnte Joeys bittere kleine Schmährede hören.«

Joey drehte sich errötend zu ihr um. »Ich entschuldige mich, Alexis. Wahrscheinlich ist mir der Wochenendstress aufs Gemüt geschlagen.«

»Glaubst du?« Alexis sah Joey cool an. »Du hast da einen Klecks Lasagne auf dem T-Shirt. Und in den Haaren auch. Solltest du vielleicht wissen.« Dawson hätte das Mädchen am liebsten erwürgt, als Joey sich verlegen übers T-Shirt strich.

»Du siehst ganz prima aus, Joey«, versicherte ihr Jen. Sie wandte sich an Alexis. »Warum lässt du uns hier nicht schnell fertig aufräumen? Wir kommen gleich danach runter zu euch.«

Alexis zog eine Schnute. »In der Bucht gibt es im Dunkeln nichts, was man stundenlang filmen könnte. Leider scheinen Patrick und Candace kein Interesse an scharfen Homevideos von ihrem Flitterwochenglück zu haben. Mit anderen Worten: mir ist langweilig. Darf Dawson vielleicht zum Spielen rauskommen?«

»Dawson hilft seinen Freunden gerade beim Saubermachen«, entgegnete Dawson mit zusammengebissenen Zähnen. »Dawson schlägt vor, du gehst schön mit Jonathan und Michael spielen.«

Alexis lehnte sich an den Türrahmen. »Aus irgendeinem merkwürdigen Grund sind die Zwillinge anscheinend beide verrückt nach unserer kleinen Andie hier.«

»Von uns findet das keiner merkwürdig«, meinte Dawson. »Einige von uns finden es allerdings reichlich merkwürdig, dass du das Bedürfnis zu haben scheinst, ständig Leute beleidigen zu müssen, die du gar nicht richtig kennst.«

»Nicht Leute«, korrigierte Pacey. »Mädchen. Du scheinst gegen jedes weibliche Wesen im heiratsfähigen Alter in deiner Nähe zu schießen. Auch auf die Gefahr hin, einen Gast zu beleidigen: Alexis, ich glaube, du hast ein Feindlichkeitsproblem.«

Alexis lachte. »Du bist zum Schreien! Wer hätte gedacht, dass sich hinter dieser Neandertaler-Stirn ein Hirn verbirgt! – War nur ein Witz. Wo kann ich hier Zigaretten kaufen?«

»Nirgends«, sagte Joey matt. Sie wandte sich wieder dem Geschirr zu.

»Im Ernst«, sagte Alexis. »Ich werde deine kleine Pension schon nicht abbrennen. Großes Pfadfinderehrenwort.« Niemand antwortete ihr. Joey stand mit dem Rücken zu Alexis. »Ähm, entschuldigen Sie, Frau Wirtin? Gibt es hier in der Gegend nicht mal *7-Elevens* oder einen anderen Shop? Ich meine, arme Leute rauchen doch, oder?«

In der Küche herrschte eisiges Schweigen.

Jen legte ihr Schwammtuch zur Seite und ging langsam auf Alexis zu. »Ich kenne dich«, sagte sie leise.

Alexis bekam große Augen. »Woher?«

»Ich weiß alles über dich«, fuhr Jen fort. »Deine Eltern haben dir vom Tag deiner Geburt an alles auf dem silbernen Tellerchen serviert. Du hast die richtigen Freunde, du trägst die richtige Kleidung und gehst zur richtigen Schule. Und du glaubst, jeder, der nicht in deine kleine Schublade passt, ist irgendwie weniger wert als du. Ich kenne dich schon ewig!«

Alexis grinste. »Letzte Zeit schon mal in den Spiegel gesehen, Jennie?«

»Ja, in der Tat.« Jen sah ihr in die Augen. »Aber weißt du, was uns unterscheidet? Ich habe mittlerweile verstanden, dass Leute wie du ein ziemlich jämmerliches Innenleben haben. Kurz gesagt, Alexis: Ich entwickle mich weiter. Aber du musst dein ganzes Leben als die oberflächliche Kuh verbringen, die du schon immer warst. Viel Vergnügen!«

Rot vor Zorn machte Alexis auf dem Absatz kehrt und rauschte davon.

»Das war klasse«, bemerkte Andie, während der Rest stumm und schockiert dastand.

Joey seufzte, gab etwas Pulver in die Spülmaschine, schloss sie und stellte sie an. Sie konnte Jen nicht ansehen. »Klasse ist nicht gerade das erste Wort, das mir einfällt. Sie ist zu Gast hier. Es ist unser – ich meine *mein* – Job, freundlich zu ihr zu sein. Egal, was wir von ihr halten. Sie bezahlt nicht dafür, beleidigt zu werden.«

»Komm schon, Joey ...«, setzte Jen an.

»Es war nicht nötig, mich zu verteidigen, Jen«, fiel Joey ihr ins Wort. »Ich hoffe, du hast es nicht für mich getan.«

»Habe ich auch nicht. Ich habe es für mich getan.«

»Ich habe eine Idee«, sagte Pacey. »Vergessen wir einfach dieses blöde Huhn. Sorry, Dawson, aber ich kann wirklich kein Interesse für Alexis vortäuschen, wie hübsch sie auch anzuschauen sein mag. Das Leben ist zu kurz, um sich auch nur eine Nanosekunde mit ihr zu beschäftigen.«

»Ganz deiner Meinung«, pflichtete ihm Dawson bei.

»Aber sie ist wahrscheinlich zurück ans Dock zu Michael und Jonathan gegangen«, erinnerte Andie die anderen. »Und wir haben gesagt, wir gehen mit ihnen zu Dunn's Leuchtturm. Sie warten bestimmt jetzt auf uns.«

»Auf dich«, korrigierte Jen. »Die Zwillingsprinten lechzen nach dir, Andie.«

Andie wurde rot. »Aber ich kann doch die ›Zwillingsprinten‹ schlecht allein unterhalten, oder? Und Alexis wird bestimmt nicht verschwinden. Können wir nicht alle den tapferen Versuch machen, uns zu amüsieren und sie zu ignorieren?«

»Sicher, Andie.« Pacey legte ihr einen Arm um die Schulter. »Warum sollten wir dir nicht alle dabei helfen?«

»Wir sind nur Freunde, Pacey«, versicherte ihm Andie. »Ich meine, ich habe Michael und Jonathan doch gerade erst kennen gelernt. Und morgen reisen sie ab und ...«

»Musst du nicht erklären, McPhee.« Pacey gab ihr ein Küsschen auf die Wange. »Was meint ihr dazu, ihr Leute von der falschen Seite der Bucht? Sollen wir losziehen und mit den zahlenden Gästen lustig und vergnügt sein?«

»Wie gern würde ich einen Abend unter wolkenverhangenem Himmel mit Alexis verbringen«, meinte Joey, »aber ich sollte wohl besser hier bleiben, falls jemand von den Gästen was braucht. Die Sumos könnten auf einmal Hunger auf einen Mitternachtssnack bekommen. Oder Mrs. Martino entdeckt Elvis hinter dem Duschvorhang.«

Von oben war plötzlich Alexanders Gebrüll zu hören. »Oder mein Neffe fängt an, sich die Seele aus dem Leib zu schreien«, fügte Joey seufzend hinzu.

»Ich kann ja mal hochgehen und nach ihm sehen«, bot Jen an.

»Nein, verschwindet und amüsiert euch!«, meinte Joey. »Ihr habt mir bereits mehr geholfen, als ich hoffen durfte. Es hat aufgehört zu regnen, wenigstens zeitweise. Das wird ein schöner Spaziergang. Und morgen Abend ist all das hier vorbei. Ich kann es kaum erwarten.«

Eine Stunde später stand die Gruppe auf den Felsen vor Dunn's Leuchtturm, der im Nebel unheimlich leuchtete.

»Faszinierend«, sagte Jonathan. Er beschrieb ihn rasch für Michael. Knapp dreißig Meter hoch und aus allen Richtungen waren Scheinwerfer auf ihn gerichtet. Um ihn zu erreichen, mussten sie mit den Taschenlampen ein sumpfiges Gelände durchqueren. Die Gemeinde hatte zwar einen Pfad aus Holzplanken angelegt, aber der verhinderte lediglich, dass man völlig nasse Füße bekam.

»Wie alt ist der Turm?«, fragte Michael.

»Er wurde so um 1800 gebaut«, sagte Dawson. »Zu dieser Zeit begann man hier auch mit dem Walfang. Wir haben den Leuchtturm letztes Jahr fast verloren, als reiche Geschäftemacher ihn kaufen und abreißen wollten, um so 'ne Art Einkaufs- und Erholungszentrum zu bauen. Aber in letzter Minute konnte der Naturschutzverein ihn erwerben und nun ist er für alle Zeiten sicher.«

»Ich glaube, davon habe ich gelesen«, sagte Alexis. »Ist das der Leuchtturm, in dem sich dieses Mädchen tagelang aus Protest gegen die drohende Zerstörung verschanzt hatte?«

»Quinn Bickfee«, erklärte Pacey. »Sie hat die Filmrechte an ihrer Geschichte an *Lifetime* verkauft.«

»Sie spielt selbst in dem Film mit«, fügte Dawson hinzu. »Die Dreharbeiten sind schon beendet, aber es wurde nicht in Capeside gedreht, das wäre zu teuer gewesen. Ich glaube, sie haben irgendwo in North Carolina gedreht.«

»Um der Ironie willen muss man erwähnen, dass Quinn Bickfee für *Survivor* ausgewählt wurde«, bemerkte Jen. »Und da soll noch einer sagen, Ruhm wäre vergänglich!«

»Ich habe in *People* gelesen, dass die Quinn Bickfee-Story im Mai ins Fernsehen kommt«, sagte Andie.

»Und auf Video.« Jen tippte sich nachdenklich mit dem Zeigefinger ans Kinn. »Sollen wir es uns im Fernsehen angucken oder das Video ausleihen?«

»Wir sollten gegen die Tatsache protestieren, dass der Film nicht in Capeside gedreht wurde, und ihn boykottieren«, beschloss Andie.

»Das ist doch letzten Endes gar nicht wichtig, McPhee«, widersprach ihr Pacey. »Sieh es mal so: Quinns kleiner Publicity-Coup hat unseren Leuchtturm gerettet.«

Dawson grinste. »Komisch, Pacey. Wenn ich es nicht besser wüsste, würde ich fast sagen, du entwickelst eine gewisse Zuneigung zu deinem Geburtsort.«

»Das kommt manchmal einfach so über mich«, gab Pacey zu. »Aber erzähl es nicht weiter!«

»Können wir denn reingehen?«, fragte Alexis.

»Offiziell ist der Turm nicht geöffnet«, sagte Dawson, »aber kommt mal mit!«

»Kommt mal mit wohin?«, frage Jen, folgte Dawson aber mit den anderen. Er schritt vorsichtig auf das Gebäude zu und führte seine Freunde auf die Rückseite, wo er eine kleine versteckte Tür aufstieß.

»Wird das etwa ein Einbruch, Dawson?«, fragte Jen.

»In der Nacht wacht der einzige und wahre Garth Beecher über die Sicherheit unseres teuren Leuchtturms. Erinnerst du dich an ihn, Pacey?«

»Du meinst den FBI-Typen? Den Alten, der uns Kids in der Grundschule freiwillig beim Lesenlernen Nachhilfe gegeben hat?«

»Genau den.«

»Aber Dawson, wenn ich es richtig in Erinnerung habe, war er damals schon steinalt. Mittlerweile ist er bestimmt schon ...«

»Mehr als steinalt«, ergänzte Dawson. »Und er ist immer noch derselbe nette alte Mann, der er immer war. Er ist der Nachtwächter und kommt dreimal in der Nacht hierher. Als ich ihn am Jachthafen traf, hat er mir erlaubt, euch den Turm zu zeigen, also ist es kein Einbruch. Los, kommt!«

Sie kletterten die dunklen, feuchten Steinstufen hinauf. Die Lichtstrahlen der Taschenlampen stachen in die Dunkelheit.

»Das ist ja die Hölle für Asthmatiker«, bemerkte Andie. »Alles klar, Michael?«

»Ich bin blind, nicht atemlos«, entgegnete er. »Abgesehen davon kann ich im Dunkeln sehen.«

»Ich liebe deinen blinden Humor, Bruderherz«, sagte Jonathan und schlug Michael auf die Schulter.

»Andie, mir ist schwindelig«, sagte Michael plötzlich und streckte seine Hand aus.

Sie griff rasch zu und schmiegte sich dicht an ihn. »Ist schon in Ordnung, ich bin bei dir.« Michael grinste von einem Ohr zum anderen.

»Dass du auf so was reinfällst, Andie!«, stöhnte Jonathan. »Mein hinterhältiger Bruder will sich doch nur an dich ranschmeißen.«

Andie runzelte die Stirn. »Stimmt das, Michael?«

»Hey, ich bin blind, etwas mehr Rücksicht bitte!«

Alle lachten und neckten ihn, bis sie oben angekommen waren. Dawson bemerkte, dass Andies Hand immer noch in Michaels ruhte.

»Wenn der Nebel sich verzieht, hat man von hier oben einen grandiosen Blick«, sagte Jen und führte die anderen in das Aussichtshäuschen. »An einem Abend wie heute muss man allerdings seine Fantasie bemühen.«

Sie standen eine Weile schweigend da und atmeten die salzige Nachtluft ein. Der Leuchtturm war nicht mehr in Betrieb, also stellten sie sich einfach vor, wie die Lichtstrahlen vom Turm über Nebel und Wasser glitten.

»Wenn ich einer von den Sumo-Brüdern wäre«, meinte Andie, »würde mich diese Szene zu einem Gedicht inspirieren. Über alte Walfangboote und Witwen, die auf den Felsen stehen und nach Schiffen Ausschau halten, die nie zurückkehren.«

»Das hier ist schon so ein Gedicht«, sagte Dawson ruhig. »Worte sind gar nicht nötig.«

»Da hast du Recht«, sagte Jen und sah in die Dunkelheit hinaus. »Für manche Dinge gibt es keine Worte.«

Joey war so müde, dass sie sich kaum auf den Beinen halten konnte, als sie Bessies Essgeschirr abholte. »Bist du sicher, dass du nichts mehr brauchst?«, fragte sie ihre Schwester leise, damit sie Alexander nicht aufweckte.

»Alles in Ordnung, Joey.« Bessie betrachtete ihren selig schlafenden Sohn. »Jetzt sieht er aus wie ein Engel, nicht wahr?«

»Das Aussehen ist manchmal trügerisch.«

»Ich weiß.« Bessie strich dem Kleinen das Haar aus der Stirn. »Du musst wissen, dass ich wirklich sehr stolz auf dich bin, Joey. Darauf, wie gut du mit allem klarkommst. Es ist wirklich unglaublich.«

»Du warst ja beim Dinner nicht dabei. Glaub mir, Bessie, ich habe eine Menge Fehler gemacht ...«

»Sei nicht so streng mit dir.« Bessie griff nach Joeys Hand. »Mom wäre so stolz auf dich.«

Ob vor Erschöpfung oder Rührung, Joey hatte jedenfalls einen dicken Kloß im Hals. »Sie könnte all das so viel besser als wir, Bessie. Auf jeden Fall besser als ich.«

Bessie lächelte traurig. »Joey Potter, du nervst total. Und sobald ich wieder auf diesem blöden Bein laufen kann, bereite ich dir eine wunderbare Überraschung, um dir zu zeigen, wie sehr ich all das zu schätzen weiß, was du tust.«

»Wenn das Wetter morgen nicht besser wird, gibt's große Probleme«, warnte Joey. »Die einzigen Leute, die bisher Wale gesehen haben, waren die auf der *Capeside Queen*, und von ihnen ist die Hälfte seekrank geworden. Mit anderen Worten: Es ist sehr fraglich, ob jemand von denen nächstes Jahr noch mal wiederkommt.«

Bessie zuckte mit den Schultern. »Joey, wenn es eines gibt, was ich in den vergangenen Jahren gelernt habe, dann dies: Es hat keinen Zweck, sich den Kopf über Dinge zu zerbrechen, die man nicht beeinflussen kann. Was immer es für ein Wetter gibt, es gibt es eben. Was immer mit den Walen ist, ist eben so. Was auch immer geschieht, es ändert nichts an der Tatsache, wie großartig meine Schwester ist.«

»Danke.« Joey beugte sich vor und umarmte ihre Schwester.

»Lass dich nicht beirren, Joey«, sagte Bessie liebevoll. »Eines Tages wird die ganze Welt erfahren, wie wunderbar und einzigartig Joey Potter wirklich ist.«

10

Am frühen Sonntagmorgen starrte Joey hinaus in die Dämmerung. Nichts hatte sich im Vergleich zum Vortag geändert. Es war immer noch düster und stürmisch. Regen trommelte gegen das Fenster. Der unaufhörliche Niederschlag wusch auch noch das letzte Herbstblatt von den Bäumen.

»Joey?«

Sie drehte sich um. Bessie stand im Türrahmen, ohne Krücken. »Was machst du denn hier ohne deine Krücken? Und wo ist Alexander?« Joey runzelte die Stirn. »Wie soll dein Knöchel heilen, wenn du ...«

»Alexander schläft noch tief und fest. Und ich bin hierher gehüpft. Es ging, Joey!« Bessie hopste auf einem Bein an Joeys Bett und setzte sich. »Das Wetter nervt, hm?«

Joey seufzte. »Um es vornehm auszudrücken. Und heute ist die letzte Gelegenheit für die Touristenhorden im malerischen Capeside, noch einen Blick auf die Wale zu erhaschen.«

»Ich habe dir doch gesagt, Joey, es hat keinen Zweck, sich über Dinge aufzuregen, die man nicht beeinflussen kann.«

»Ich weiß.« Joey setzte sich neben ihre Schwester. »Es ist nur ... Hast du schon mal das Gefühl gehabt, du hättest einfach viel zu viel nicht unter Kontrolle, Bessie? Wenn einem alles – von Weltereignissen bis zu komplett unwichtigen Details des eigenen kleinen Lebens – aus den Händen gleitet und einen das Gefühl überkommt, wir täten alle nur so, als hätten wir Einfluss auf unser Schicksal, damit wir uns besser fühlen?«

»Ich glaube, der Regen schlägt dir aufs Gemüt, Joey. Aber ich kenne solche Momente.«

»Dieser Moment dauert bei mir schon sehr lang an, Bessie. Ich weiß nicht, was zwischen mir und Dawson und Pacey los ist. Jeder von uns tut so, als wäre alles ganz normal. Wir sind eine richtige Parodie auf die sorglose Jugend, und in Wahrheit ist doch jeder verletzt, jeder leidet und niemand weiß, wie er das ändern kann.«

»Lass den Dingen ihre Zeit, Joey«, riet Bessie und drückte sie an sich.

»Richtig. Die Zeit heilt alle Wunden und so weiter. Darauf werde ich dich noch mal ansprechen.« Joey stand auf. »Aber jetzt ist es Zeit, dass ich mich in die Küche schleiche und für unsere schlecht gelaunten Walbeobachter Frühstück mache. Kann ich dir was bringen?«

»Ich brauche nichts«, versicherte ihr Bessie. »Und versuch mal, nicht so streng mit dir zu sein, ja?«

Joey lächelte spröde. »Okay.«

Als sie in die Küche kam, schaltete Joey sofort die Kaffeemaschine ein und ging in Gedanken alles durch, was sie mit Hilfe ihrer Freunde am vergangenen Abend vorbereitet hatte – Muffins und Scones, acht Quiches, die im Kühlschrank darauf warteten, in den Ofen geschoben zu werden, drei verschiedene Säfte, vier verschiedene Sorten Fruchtjoghurt mit ...

»Ich glaube, ich bin mit der Vision eines Engels erwacht«, sagte Elvis von der Tür.

Der hat mir gerade noch gefehlt, dachte Joey, setzte aber ein freundliches Lächeln auf.

»Guten Morgen, Elvis. Der Kaffee läuft gerade durch.«

»Auch ohne bin ich schon mächtig aufgedreht, *Pretty mama.*« Er schob durch die Küche auf sie zu.

»Ich bin gerade sehr beschäftigt, Elvis ...«

»Kann ich helfen?«

»Ach nein, aber danke!«

Er war nur noch drei Schritte von ihr entfernt, als er mit

sonorer Stimme zu singen begann: »Love me tender, love me true ...«

»Ich will ja nicht unhöflich sein, Elvis, aber ich habe zu arbeiten, also ...«

»Du törnst mich ganz schön an, Kleine.«

Und du widerst mich ganz schön an, dachte Joey. Sie war richtig in der Stimmung, ihm die Wahrheit zu sagen. Das Wochenende der Wale war sowieso schon eine Katastrophe. Warum nicht noch jemanden vor den Kopf stoßen?!

»Hör mal, Elvis ...«

»Morgen, Potter, Verstärkung eingetroffen!«, rief Pacey, der gerade in die Küche kam. Wasser tropfte von seiner Regenjacke auf den Boden. Joey war total froh, ihn zu sehen. Das war die Rettung vor Elvis. Sie flog Pacey an den Hals und umarmte ihn.

»Nette Begrüßung«, sagte Pacey und sah Joey fragend an.

»Ich freue mich nur so, dass du da bist.« Sie küsste ihn rasch auf den Mund, schlang den Arm um ihn und zog ihn eng an sich heran. »Also, jetzt müssen wir arbeiten, Elvis. Nicht wahr, Pacey?«

»Richtig. Arbeiten, arbeiten, arbeiten«, meinte Pacey.

»Moment mal, Joey«, sagte Elvis mit drohendem Zeigefinger. »Hast du mir nicht gesagt, du hättest einen Freund? Jim oder John oder so?«

»Jack«, sagte Joey.

»Richtig, Jack. Und das hier ist Pacey. Bist du etwa eins von diesen flatterhaften Mädels, die jeden Tag einen anderen haben?«

Joey warf die Arme in die Luft. »Richtig, Elvis. Erraten! So eine bin ich. Ich liebe sie und ich verlasse sie.«

Elvis schüttelte traurig den Kopf. »Also, das ist wirklich eine Schande, Süße.« Er sah Pacey an. »Pass auf dich auf, sie ist eine Herzensbrecherin!« Und damit verschwand er ins Esszimmer.

»Unglaublich«, murmelte Joey.

»Hast du mich benutzt, um Elvis-imitierende Belästiger abzuschütteln, Potter?«

»Ja, in der Tat.«

»Ein schwarzer Tag. Und ich meine nicht das Weltuntergangswetter da draußen.« Pacey lehnte sich an die Theke. »Es ist der Sonntag, der in die Geschichte eingehen wird als der furchtbare Tag, an dem ich entdeckte, dass du ein flatterhaftes Mädchen bist.«

»Ich werde es mir im Kalender anstreichen. Stellst du jetzt bitte den Ofen an?«

»Sicher, mach ich.« Er tat es und hielt die Backofentür auf, während Joey die Quiches auf den Rost stellte. »Und darf ich hinzufügen, dass ich es gar nicht so schrecklich fand, deinen Liebsten und Teuersten zu spielen? Hat alte Erinnerungen geweckt.«

Joey hatte ihm den Rücken zugewandt und schnitt Apfelsinen klein.

»Komische Sache trotzdem. Die Zeit vergeht. Alles hat sich verändert. Auch wenn du es zu leugnen versuchst.«

»Nichts hat sich verändert«, entgegnete Joey.

»Na gut. Nichts hat sich verändert. Es ist mir egal, wenn du mich belügst, Joey. Aber belüg dich um Himmels willen nicht selbst! Es gibt Dinge, die verschwinden nicht einfach, nur weil man versucht, sie totzuschweigen.«

Nun drehte sich Joey endlich zu ihm um. »Bist du deshalb so früh hierher gekommen? Um über die Vergangenheit zu reden?« Sie sah auf die Uhr. »Um Viertel vor sieben?«

»Damals schien es uns doch gar nicht so unvernünftig.«

»War es ja auch nicht, Pacey. Es ist jetzt nur nicht ... der richtige Zeitpunkt.«

»Wird er jemals kommen?«

»Ich weiß es nicht.«

Er nickte langsam. »Hier geht's zu wie in einer Seifenoper, nicht wahr?«

Sie lächelte. »Allerdings. Wenn du also gekommen bist, um mir zu helfen, bevor du freundlicherweise hinausgehst und den Fährdienst für meine hoffentlich nicht zu hungrigen Frühstücksgäste versiehst, könntest du die Kaffeetassen auf den Tisch stellen.«

»Schon erledigt.«

Pacey half Joey noch eine halbe Stunde, dann zog er seine Regenjacke wieder an, um den Fährbetrieb aufzunehmen. Joey konzentrierte sich einfach auf ihre Arbeit und versuchte an nichts Komplizierteres zu denken als daran, die Quiches rechtzeitig aus dem Ofen zu holen und einen Ort zu finden, an dem ihre Gäste die nassen Regenschirme abstellen konnten.

Alles, was darüber hinausging – wie zum Beispiel die Themen Pacey und Dawson –, konnte nur zu Fragen führen, auf die es im Augenblick keine Antworten gab. Und an einem Tag wie diesem hatte sie für so was einfach keine Kapazitäten mehr frei.

Dawson und Joey standen an der Kaffeemaschine und sahen zu, wie sich die Frühstücksgäste über die Quiche hermachten. »Es ist ein Wunder. Vielleicht habe ich tatsächlich ein Gericht gefunden, dessen Zubereitung mir gelingt«, meinte Joey.

»Quiche mich, quiche mich«, rief Jack, der mit einer Platte voller warmer Brötchen vorbeigesegelt kam. Andie schenkte Kaffee nach und Jen räumte schmutziges Geschirr beiseite. Und Pacey, der saß im Boot und holte Patrick, Candace und Alexis bei Dawson ab.

»So weit, so wunderbar«, sagte Dawson. »Du kannst kochen, Joey, du hast einfach nur kein Selbstvertrauen.«

»Es muss mein Unterbewusstsein sein, das gegen die jahrelange Arbeit im *Ice House* rebelliert.«

»Also, deine Quiche ist definitiv ein Hit.«

»Ich hoffe nur, es ist genug da. Ich glaube, Ike hat schon ein ganzes Blech verdrückt und die Martinos haben nicht mal ...«

»Miss Potter, kann ich Sie kurz sprechen?« Mr. Martino stand im Flur.

»Wenn man vom Teufel spricht«, raunte Joey Dawson zu.

Sie folgte ihm in den Flur. Unglückseligerweise wartete dort seine Frau mit gepackten Koffern. Joey wurde schwummerig, aber sie setzte ein Lächeln auf. »Wie kann ich Ihnen helfen?« Mrs. Martino sah ihren Mann durchdringend an, als befehle sie ihm schweigend, das Wort zu ergreifen.

»Haben Sie das Wetter gesehen?«, fragte Mr. Martino schließlich.

»Ja, Sir, habe ich. Ich versichere Ihnen, ich bin genauso enttäuscht wie Sie.«

»Das bezweifle ich. Sie haben ja nicht dafür bezahlt, hier zu sein«, schnaubte Mrs. Martino.

»Das ist wahr. Aber wie sehr ich mir auch wünschte, die Macht zu haben, das Wetter beeinflussen zu können, ich kann es leider nicht. Wir hier im *Bed and Breakfast* tun alles, was wir können, um Ihnen trotz des Wetters ein angenehmes Wochenende zu bereiten.«

Mrs. Martino nickte ihrem Mann zu. Widerstrebend zog er ein Blatt Papier aus der Hosentasche. »Ähm, zusätzlich zum Wetter gibt es ein, zwei Dinge, die meine Frau ...«

Mrs. Martino forderte ihn mit einem Räuspern auf weiterzureden.

»Die meine Frau und ich nicht zufrieden stellend fanden«, fuhr Mr. Martino fort.

»Es tut mir Leid, das zu hören, Mr. Martino.«

»Oh, na ja, es sind keine großen Sachen«, fing er an, aber da schnappte sich seine Frau schon die Liste.

»Erstens: unzulängliche Auswahl bei den Mahlzeiten. Zweitens: null Sorge um die Gesundheit der Gäste oder gesundheitsbewusste Ernährung. Drittens: keine Snacks. Viertens: kein Kräutertee. Fünftens: Matratze zu weich. Sechstens ...«

»Ich glaube, ich habe schon verstanden, warum Sie unzufrieden sind, Mrs. Martino«, unterbrach sie Joey. »Es tut mir sehr Leid, dass Sie nicht zufrieden waren. Wir sind noch neu und wir versuchen, uns zu verbessern.«

Sie sah Joey verächtlich an. »Wie dem auch sein mag, aber die Preise, die Sie verlangen, entsprechen nicht dem ›wir versuchen, uns zu verbessern‹. Stattdessen haben wir den vollen Preis für schlechte Qualität bezahlt. Wir reisen sofort ab und ich bestehe auf einer Erstattung. Der ganzen Summe.«

»Kann ich helfen?« Dawson guckte um die Ecke.

Joey schüttelte den Kopf und wandte sich wieder an Mrs. Martino. »Es tut mir Leid, Mrs. Martino, ich erstatte Ihnen gern die Kosten für Frühstück und Lunch von heute, da sie ja vorher abreisen. Aber wir geben prinzipiell keine Erstattung für eine bereits bei uns verbrachte Zeit.«

»Das ist absolut inakzeptabel.« Mrs. Martino blieb hart.

Dawson trat nun doch dazu. »Gibt es hier ein Problem?«

»Ich komme schon allein klar«, warnte ihn Joey leise.

Aber Dawson ließ sich nicht abhalten. »Sind Sie mit etwas nicht zufrieden?«

»Eigentlich mit allem«, sagte Mrs. Martino. »Zusätzlich zu dem schlechten Service, dem Essen und der Unterbringung sitzen wir hier auch noch im Auge eines Taifuns. Ich würde ihn lieber zu Hause in meinem eigenen Bett überstehen.«

Dawson lächelte. »Das verstehe ich sehr gut und genauso gut verstehen Sie sicherlich, dass *Potter's Bed and Breakfast* ein Unternehmen ist. Ich denke, wir haben jeden Komfort geboten, der im Prospekt beschrieben ist, also sehen Sie sicher ein, dass es nicht vernünftig ist, nun eine Erstattung zu verlangen.«

»Es ist ganz einfach. Entweder bekomme ich die Kosten für die Unterbringung erstattet oder ich wende mich Montagmorgen als Erstes an die Verbraucherzentrale. Und an noch ganz andere Leute.«

Sie meinte bestimmt diesen Journalisten, ihren Freund, dachte Joey. Das wäre unser Ruin!

»Mrs. Martino, zufriedene Kunden sind unser Geschäft. Und wenn ich auch nicht einer Meinung mit Ihnen bin, will ich natürlich, dass Sie das *Bed and Breakfast* zufrieden verlassen, so oder so. Also hole ich Ihnen einen Scheck.«

»Moment mal«, sagte Dawson. »Mrs. Martino, meinen Sie nicht auch, es wäre vernünftig, wenn Miss Potter Ihnen die Hälfte der bezahlten Summe erstattet?«

Mrs. Martino lächelte kalt. »Nein.«

Joey sah Mr. Martino an. Ihm war das Ganze sichtlich mehr als unangenehm. Sie wollte den Versuch wagen. »Mr. Martino«, fragte sie, »schätzen Sie das Wochenende genauso ein wie Ihre Frau? Wollen Sie eine volle Erstattung?«

»Nein«, sagte er rasch. »Ich war eigentlich ganz zufrieden ...«

»Roland!«, rief seine Frau empört. »Wie kannst du ...«

»Mavis, ich sage nur die Wahrheit. Du willst doch nicht, dass ich diese junge Dame anlüge. Das wäre nicht korrekt.«

Mrs. Martino kochte vor Wut, aber der Schaden war bereits unabwendbar. Joey ging an das Scheckbuch und stellte einen Scheck über die Hälfte des Preises aus, den die Martinos für das Wochenende bezahlt hatten. Sie reichte ihn Mrs. Martino, die ihn in ihre Brieftasche stopfte.

»Danke«, sagte sie eisig. »Seien Sie froh, dass Sie nicht in der Haut meines Mannes stecken. Und wir brauchen jemanden, der uns das Gepäck zum Auto trägt.«

»Das kann ich doch machen«, protestierte Mr. Martino.

»Kein Problem, Sir. Ich helfe gern.« Dawson schnappte sich schon die Koffer und trug sie hinaus; Mr. Martino hielt den ganzen Weg zum Auto einen Schirm über ihn. Als sie am Auto angekommen waren, eilte Pacey vom Dock herauf.

»Was ist los?«, fragte er Joey. Er war klatschnass. »Ich habe gesehen, wie Dawson das Gepäck von den Martinos rausgetragen hat.«

»Die Hexe ist gerade mit ihrem gutmütigen Mann abgereist, mit einem Scheck in der Tasche. Es liegt klar auf der Hand: Meine Fähigkeiten als Gastwirtin lassen noch sehr zu wünschen übrig.«

»Nimm es nicht persönlich, Potter«, tröstete sie Pacey.

»Es liegt nicht an dir, sondern an dem beschissenen Wetter. Auch das Trump Plaza würde in so einem Regen nicht gut dastehen.«

»Im Trump Plaza beobachtet man auch keine Wale, Pacey. Und ich vermute, die kriegen ihre Hypothekenrückzahlung prima hin. Und wo sind Patrick, Candace und Alexis?«

»Frag nicht!«

Joey stöhnte. »Oh nein, sag's bloß nicht!«

»Also ... Patrick und Candace sind gerade mit dem Taxi nach Boston. Sie sind abgereist.«

»Aber warum?«, fragte Joey bestürzt.

»Wie ich schon sagte, es liegt am Wetter. Nichts Persönliches.«

»Aber vielleicht klart es später noch auf und ...«

»Sie sind in den Flitterwochen. Im Bett liegen können sie überall. Was sie auch tun werden, und zwar in Boston.«

»Ist Alexis mit ihnen gefahren?«

»Ich weiß zwar nicht, was ich davon halten soll, aber sie ist hier geblieben. Sie haben sie von ihrer Aufgabe befreit. Allerdings wollte Alexis nicht im Boot nass werden und verzichtet deshalb auf das Frühstück.« Pacey legte Joey einen Arm um die Schulter. »Sieh es mal so, Potter: Wenigstens haben die frisch Vermählten keine Erstattung verlangt.«

»Wohl wahr. Aber ich glaube auch nicht, dass wir sie noch einmal hier begrüßen dürfen.«

Ein tropfnasser Dawson kam herein. »Mission erfüllt. Du hättest ruhig auf deiner Meinung beharren sollen, Joey. Sie war im Unrecht.«

»Nein, das hätte ich nicht. Ich muss darauf achten, dass die Kunden zufrieden sind.«

»Hey, Joey! Die Sumos haben gerade die ganze Quiche weggefuttert«, rief Andie aus der Küche. »Hast du noch mehr?«

»Es gibt doch acht Stück!«

»Sind schon weg!«

»Biete ihnen Rührei an. Aber häng ihnen ruhig mal 'ne Kalorientabelle hin«, schlug Joey vor und führte Dawson und Pacey zurück in die Küche.

Andie verquirlte bereits ein Dutzend Eier in einer Schüssel. »Das mit der Kalorientabelle überlasse ich lieber dir, Joey. Mit den Sumos lege ich mich nicht an.«

»Mom, bist du sicher, dass du schon wieder fit bist?«, fragte Dawson und reichte seiner Mutter eine Tasse Tee.

»Mir geht es gut, Liebling, und deinem Vater auch. Wirklich.«

Zwei Stunden waren seit dem Frühstück vergangen. Ms. Gerkin hatte eine Notversammlung des Organisationskommitees für das Wochenende der Wale einberufen, um zu retten, was zu retten war. Gale und Mitch hatten am frühen Morgen das Krankenhaus verlassen dürfen und waren auch dabei. Die Versammlung wurde sogar in ihrem Restaurant abgehalten. Und Dawson und Pacey waren vorbeigekommen, um nachzuhören, ob sie irgendwie helfen konnten.

»Wie Sie alle wissen«, fing Ms. Gerkin an, während der Regen heftig gegen die Glasfront des Restaurants trommelte, »sind heute Morgen nur ein paar Dutzend Unerschütterliche hinaus auf die Felsen gezogen. Sie konnten kaum die Hand vor Augen erkennen und einen Wal haben sie mit Sicherheit nicht gesehen.«

Zustimmendes Gemurmel von den dreißig Leuten im Saal.

»Und wie Sie auch wissen, ist das große sonntagnachmittägliche Muschelessen am Strand normalerweise das Highlight des ganzen Wochenendes. In diesem Jahr steht der Strand unter Wasser. Die Hälfte der Touristen ist mittlerweile abgereist. Wenn es irgendeine Möglichkeit gibt, wie wir den Leuten, die bis jetzt ausgehalten haben, etwas Gutes tun können, um sie dazu anzuregen, nächstes Jahr wiederzukommen – ich bin für jede Idee offen, die Sie auf die Schnelle haben!«

Mr. Gilette, der Besitzer des Pizzaladens, hob die Hand.

»Ja, Mister Gilette?«

»Wie wäre es, wenn wir den Leuten Gutscheine für nächstes Jahr geben? So eine Art Regen-Scheck.«

»Schöne Idee«, lobte Ms. Gerkin. »Hätte allerdings zur Folge, dass wir an ihnen nichts verdienen, wenn sie nächstes Jahr wiederkommen.«

»Einen kleinen Regen-Scheck dann«, schlug jemand vor.

Ms. Gerkin nickte. »Ich werde mir das ganz bestimmt überlegen.«

Pacey beugte sich zu Dawson hinüber. »Das ist die Sprache der Handelskammer für ›Auf keinen Fall, José‹.«

Dawson sah, wie sein Vater die Hand hob. »Ich habe einen Vorschlag«, sagte Mitch, als er an der Reihe war.

»Ja, Mister Leery?«

»Wir könnten das Muschelessen hier im Restaurant veranstalten.«

Die Leute fingen an, seinen Vorschlag laut und aufgeregt zu diskutieren. Dawson drehte sich zu seiner Mutter um. »Hat er dich auch nach deiner Meinung gefragt?«

»Nein«, gab Gale zu.

»Das musst du dir wirklich nicht aufhalsen«, sagte Dawson. »Du erholst dich gerade erst von einer Lebensmittelvergiftung. Jetzt kann mal jemand anders einspringen.«

»Ich weiß, Dawson«, sagte Gale. Sie dachte kurz nach. »Aber mir geht es wirklich gut.« Sie sah Mitch in die Augen.

»Gale?«, fragte Ms. Gerkin. »Wir alle wissen, dass Sie und Mitch gerade erst krank ...«

»Wie ein Dutzend anderer Leute hier auch!«, rief jemand.

»Stimmt«, sagte Gale. Sie nickte entschlossen. »Ich finde, es ist eine gute Idee, das Muschelessen hier zu veranstalten.«

»Ausgezeichnet! Nun, dann gehen Sie jetzt alle schnell wieder an die Arbeit und verbreiten unter unseren Gästen, dass das Muschelessen um drei Uhr hier im Restaurant stattfinden wird. Und ich bin sicher, Gale und Mitch nehmen gern jede Hilfe an, die sie bekommen können.«

»Sie sagen es«, pflichtete Mitch ihr bei.

»Moment, Moment«, rief Mr. Gilette und stand auf. »Hören Sie, die Idee ist ja gar nicht so schlecht, aber wie jeder weiß, geht es nicht nur ums Essen, sondern auch um die Unterhaltung. Das Muscheltauchen für Kinder und die vielen anderen Spiele am Meer. Was ich sagen will, bei allem Respekt: Ich glaube nicht, dass die Leute bei diesem Regen noch bleiben, nur um in einem Restaurant ein paar Meeresfrüchte zu essen.«

»Ich habe einen Vorschlag«, rief Pacey und alle Köpfe drehten sich zu ihm um. »Wie wäre es, wenn wir unser eigenes Unterhaltungsprogramm machen?«

»Und an welche Art der Unterhaltung hatten Sie gedacht, Mr. Witter?«, fragte Ms. Gerkin.

»Ich verspreche Ihnen, es wird einzigartig, witzig, aufregend und sogar lehrreich«, sagte Pacey.

»Und ich frage dich, auf was für Drogen du bist, Junge!«, schimpfte Mr. Gilette.

»Ich habe einen Plan«, verkündete Pacey, aber Mr. Gilette sah ihn zweifelnd an.

»Leute, Leute!« Gale setzte sich über das unzufriedene Gemurmel hinweg. »Ich möchte nur sagen, ich kenne Pacey. Und wenn er sagt, er kann diese Art von Unterhaltung auf die Beine stellen, dann kann er das auch.«

»Und ich helfe ihm«, fügte Dawson hinzu.

Lange Zeit sagte niemand etwas. Dann zuckte Ms. Gerkin hilflos mit den Schultern. »Ich würde sagen, wir riskieren es. Eine große Wahl haben wir ja nicht. Machen wir uns an die Arbeit!«

Die Menge zerstreute sich. Jeder, der nach draußen in den Regen lief, sah in den Himmel und hielt nach einem Fünkchen Sonnenschein Ausschau. Aber es gab keinen. Als die Letzten verschwunden waren, schloss Dawson die Eingangstür des Restaurants und sah Pacey an. »Ich vermute, du hast schon etwas Konkretes im Auge?«

»Diese Vermutung ist richtig«, sagte Pacey. Auch Gale und Mitch kamen gespannt herüber.

»Wir haben dir den Rücken gestärkt, Pacey, also stehen wir alle in der Verantwortung«, sagte Gale. »Sag schon, was hast du vor?«

Dawson legte seinem Freund eine Hand auf die Schulter. »Ich will dir ja keinen Druck machen, Pacey. Aber eins sollte dir klar sein: Wenn wir das vergeigen, liefern wir den letzten Sargnagel für das Wochenende der Wale.«

11

Das Restaurant war rappelvoll; um für frische Luft zu sorgen, hatte man die Vordertür weit geöffnet. Wie beim traditionellen Muschelkochen am Strand waren die Meeresfrüchte draußen in einer Grube gegart worden. Die Helfer hatten hinter dem Feuerwehrhaus ein Loch gegraben, Hummer, Miesmuscheln, Jakobsmuscheln und Venusmuscheln, Maiskolben und Süßkartoffeln abwechselnd mit heißen Steinen und Seetang hineingeschichtet und gebacken. Dann wurde das Essen auf Feuerwehr-Tragbahren ins Restaurant geschleppt.

Anstatt eines Büfetts, wie man es am Strand gemacht hätte, wollten Mitch und Gale den Gästen lieber fertige Teller servieren. Allerdings für jeden dasselbe, um der Einfachheit willen. In der Küche war es zugegangen wie im Bienenstock, als Dawson, Pacey und ihre Freunde die Teller mit Essen beluden und sie den Gästen im Restaurant servierten.

Soweit lief alles ganz gut bei dem improvisierten Meeresfrüchte-Dinner. Die Leute hatten alle etwas zu essen. Und niemand beschwerte sich. Dass es gelungen war, die vielen Menschen auf einmal im Restaurant zu bewirten, schien wie ein kleines Wunder.

Nun waren alle Gäste bedient. Für einen kurzen Augenblick blieb Andie stehen und sah sich die Versammlung zufrieden futternder Menschen an. Das lauteste Geräusch im Raum war das Zerbrechen der Hummer-Panzer.

»Ist es nicht wunderbar?«, fragte Jen, die neben Andie trat.

»Das habe ich gerade auch gedacht. Es kommt mir wie ein Wunder vor, dass wir die Veranstaltung so schnell auf die Beine gestellt haben.«

Jen lächelte. »Wenn Noah die Flut überlebt hat, können wir auch ein Muschelessen organisieren!«

»Falls Pacey sein Unterhaltungsprogramm tatsächlich auf die Reihe kriegt.« Andie biss sich nervös auf die Unterlippe. »Er wollte mir nicht sagen, was es ist.«

»Mir auch nicht«, meinte Jen. »Aber ich habe eines über Pacey gelernt: Es ist für gewöhnlich ein großer Fehler, ihn zu unterschätzen.«

»Ein Fehler, der oft begangen wird«, sagte Andie sanft. Sie sah zu Pacey hinüber, der sich an einem der Tische ausgerechnet mit Alexis unterhielt.

»Sie kann doch damit nichts zu tun haben«, überlegte Andie. »Oder?«

Jen runzelte die Stirn. »Ist zu bezweifeln. Mädchen wie Alexis erwarten, dass man sie unterhält.« Sie beobachtete Joey, die eine neue Schüssel Maiskolben auf den Serviertisch stellte. Dann kam sie zu den beiden herüber.

»Es ist besser, als wir erwarten konnten. Niemand hat Sandwichs mit Mayo mitgebracht, oder?«

Jen nickte. »Ich bin so froh, dass du gekommen bist, Joey.«

»Tja, außer Bessie und Alexander ist niemand mehr in der Pension. Und Bessie hat mich praktisch gezwungen, das Haus zu verlassen.«

»Wie nett von ihr«, sagte Jen.

Ein kleiner Junge mit rotem Haar und Sommersprossen baute sich vor Andie auf. »Hey, arbeitet ihr hier? Wann fängt die Show an?«

»Bald«, versprach ihm Andie.

Der kleine Junge zog an seinem Hosenbund. »Sind da auch Wale bei?«

»Ach, das weiß ich nicht«, entgegnete Andie und lächelte ihn strahlend an. »Aber es wird klasse, so viel ist sicher.«

Er verschränkte die Arme vor der Brust. »Nur wenn da Wale tanzen oder so.«

»Charmer, komm hierher und lass die Mädchen arbeiten«, rief seine Mutter.

Er ignorierte sie. »Ich kann nur hoffen, dass die Show gut wird. Das Essen ist nämlich ätzend«, fügte er hinzu und lief dann zurück an seinen Tisch.

Jen sah ihm nach. »Und so was heißt Charmer!«

»Reines Wunschdenken der Eltern«, meinte Joey. »Glaubst du, Pacey kann mit tanzenden Walen aufwarten?«

Andie seufzte. »Er ist gut, aber so gut auch wieder nicht. Oh!«

»Was?«

Pacey beantwortete die Frage, indem er mit einem Löffel auf einen großen Spaghettitopf schlug. Er hatte sich am anderen Ende des Restaurants auf einen Tisch gestellt; über seinem Kopf war gerade noch ein halber Meter Platz bis zur Decke. Vier Tische waren zu einer improvisierten Bühne zusammengeschoben.

»Meine Damen und Herren, darf ich um Ihre Aufmerksamkeit bitten«, rief Pacey. Er hatte die Hände trichterförmig an den Mund gelegt, denn ein Mikro gab es im Restaurant nicht. »Ich bin Pacey Witter, Ihr Zeremonienmeister für die große Show zum Abschluss des Wochenendes der Wale. Wie gefällt Ihnen unser Strand? Amüsieren Sie sich?«

»Nein!«, schrie Charmer und die Leute lachten gutmütig.

»Nur die Ruhe, Kleiner, du willst doch nicht im Bauch eines Wals landen! Jedenfalls heiße ich Sie hier in Capeside herzlich willkommen«, sagte Pacey. »Entschuldigen Sie das schlechte Wetter, wir haben letzte Woche noch im Weißen Haus angerufen und man versprach uns Sonnenschein. Aber wir lassen uns den Spaß nicht verderben, Leute, nicht wahr?«

Schweigen im Saal.

»Nicht besonders viel versprechend«, flüsterte Jen Andie zu.

»Okay, wir haben einige Überraschungen für Sie«, fuhr Pacey fort. Er klang nicht mehr ganz so zuversichtlich. »Zur Eröffnung der Show wird Lydia Gerkin, die Organisatorin des Wochenendes der Wale, höchstpersönlich für uns singen. Begrüßen wir sie mit einem dicken Applaus!«

Pacey klatschte enthusiastisch und hoffte, der Funke spränge auf das Lokal über. Aber nur wenige Leute applaudierten, als Ms. Gerkin mit einer Gitarre auf den Tisch kletterte.

»Hallo, liebe Leute«, trällerte Ms. Gerkin. Dies ist ein altes Lied, es heißt ›From Sea to Shining Sea‹.«

Ms. Gerkin sang mit angenehmer, leiser Stimme. Das Lied erzählte die Geschichte von einem Fischer, der auf dem Meer in Seenot gerät. Und so weiter.

Und so weiter.

Und so weiter.

Zuerst hörte die Menge noch höflich zu. Dann fingen die Leute an, auf den Sitzen herumzurutschen – es war sehr voll und die Luft wurde stickig. Als das Lied kein Ende nehmen wollte, begannen im ganzen Restaurant sogar schon leise Gespräche.

Andie ging zu den Zwillingen an den Tisch und beugte sich zu Michael vor. »Wie viele Strophen hat so ein Lied eigentlich?«, stöhnte sie. »Kann das Walfangboot jetzt nicht allmählich untergehen und Schluss?«

Schließlich, nach einer halben Ewigkeit, kam Ms. Gerkin mit ihrem Gesangsvortrag zum Ende. Pacey applaudierte, als hätte sie gerade einen Oscar gewonnen, und eine Hand voll Leute klatschte mit.

»Danke, Ms. Gerkin«, sagte Pacey. »Das war ... sehr inspirierend.«

Michael flüsterte Andie ins Ohr: »Ja, es hätte zu einem Massenexodus inspirieren können.«

»Okay, weiter im Programm. Jetzt kommt etwas wirklich Tolles«, sagte Pacey. Er klang wie ein Stand-up-Comedian, der wusste, dass die Nummer gestorben war. »So etwas haben Sie noch nie gesehen und ich garantiere Ihnen, das werden Sie auch nie wieder sehen. Applaudieren sie den Sumo-Brüdern und ihrer improvisierten *Slam-Poetry!*«

Ein paar Leute applaudierten; die meisten glotzten nur mit offenem Mund, als die vier gewichtigen Dichter auf die Tische kletterten. Sie stießen mit den Köpfen fast an die Decke und weil sie so dick waren, kamen Mike und Ike, die ganz außen standen, der Kante gefährlich nah.

Fred verschränkte die Arme und wartete, bis sich die Menge beruhigte. »Hey, Leute, ich bin Fred. Das sind Ike, Mike und Elvis. Wir sind Dichter. Heute Abend wollen wir zu Ehren des Wochenendes der Wale und der guten Menschen von Capeside unser Konzept mal ein bisschen ändern: Wir machen improvisierte *Slam*-Gedichte mit nautischem Thema. Nennen Sie uns ein paar Worte, die mit dem Meer zu tun haben! Rufen Sie einfach!«

Die Menge schwieg. »Kommt schon, Leute!«, mahnte Pacey von der Seite. »Macht ihnen ein paar Vorschläge!«

Schließlich wurden halbherzig ein paar Worte gerufen.

»Free Willy!«

»Tauchen!«

»Moby Dick!«

»Ölteppich!«

Fred zog eine Grimasse. »Moby Dick? Free Willy? Mehr habt ihr nicht drauf? Okay, dann müssen wir nehmen, was wir haben. Die Worte waren Free Willy, Tauchen, Moby Dick und Ölteppich. Fertig, Jungs?«

Die Sumos nickten enthusiastisch. Ike begann, mit seinen Lippen Percussion-Töne zu machen; die anderen drei lieferten dazu den Rhythmus, indem sie sich mit den Händen auf ihre massigen Oberkörper patschten, als wären sie lebendige Kesselpauken.

»Ein Fall für *Stomp*«, bemerkte Jonathan. Aber es dauerte nicht lang, da hatten die Sumos einen echten Hip-Hop-Groove auf die Beine gestellt. Dann, als hätten sie es tausende Male geprobt, trat Ike vor und die anderen drei traten zurück. Sie fingen an, in Reimen zu sprechen.

»Als ich einmal Free Willy traf, war ich zuerst entzückt;
doch staunte ich, was dann geschah:
Er spritzte wie verrückt.«

Ike zeigte auf die anderen Sumos und Mike sprang vor und übernahm, ohne auch nur einen Taktschlag auszusetzen.

»Er wälzte sich und wirkte matt;
da stimmte doch was nicht!
Da sah ich's: Auf dem Wasser glatt
lag eine schwarze Schicht.«

Unaufgefordert trat Fred neben Mike.

»Free Willy tauchte und verschwand
und das aus gutem Grund:
Ein Ölteppich, sagt sein Verstand,
ist ziemlich ungesund.«

Und schließlich war Elvis an der Reihe.

»Ich dachte, wenn die Zeit noch wär
von Moby Dick und Co.!
Jedoch: Ein Wal hat's immer schwer
Heut' so und morgen so!«

Kaum hatte er geendet, applaudierten die Leute im ganzen Restaurant wie verrückt, lachten und johlten über die improvisierte Reimerei. Jen zwickte Joey in den Arm. »Vielleicht hättest du dich doch für Elvis interessieren sollen«, neckte sie. »Er ist super!«

Joey war platt. »Ich glaube, dies ist mal wieder einer der Momente für den Spruch ›Man soll das Buch nicht nach dem Cover beurteilen‹.«

Mittlerweile forderte die Menge eine Zugabe. Und so improvisierten die Sumo-Brüder in der folgenden halben

Stunde weitere Gedichte für die Zuschauer, brachten aber auch ein paar einstudierte Nummern. Elvis wartete sogar mit Zeilen aus *Moby Dick* auf, die er rezitierte wie ein Gedicht. Da hielt es die Menge nicht länger auf den Sitzen und alle sprangen auf zu einer einzigen großen Standing Ovation.

Dawson applaudierte so begeistert wie alle anderen, als sich plötzlich von hinten zwei schlanke Arme um ihn schlangen. Andie, Joey und Jen verdrehten die Augen; sie hatten genug von der jungen Videofilmerin. Sie waren alle drei gleichermaßen schockiert, als Dawson das Mädchen anlächelte. »Das war echt super, oder?«, fragte er.

»Klasse«, sagte sie. »Weißt du, nun, da ich von den Fesseln des Flitterwochen-Filmens befreit bin, amüsiere ich mich tatsächlich.« Sie drückte ihn und eilte dann fort, als hätte sie eine dringende Mission.

»Wie tief man doch sinken kann«, meinte Jen.

»Ich kann nicht glauben, dass du tatsächlich auf dieses reiche, adrette, rotznäsige, egozentrische Wesen hereinfällst«, ereiferte sich Joey. »Dawson, ich bilde mir ja gar nicht ein, deine Gefühle beeinflussen zu können, aber Alexis ist, um es kurz zu sagen, abscheulich.«

Dawson lächelte nur.

»In *Invasion der Körperfresser* war das auch so«, sagte Jen zu Joey. »Es sieht aus wie Dawson, es geht wie Dawson ...«

Oben auf der Bühne bemühte sich Pacey um die Aufmerksamkeit der Zuschauer, während Mr. Gilette mit drei anderen Männern einen riesigen Fernseher hereinrollte.

»Wissen Sie«, begann Pacey, »nur die Tapfersten und Verrücktesten unter Ihnen sind mit der *Capeside Queen* hinausgefahren, um die Wale zu besuchen. Und Sie haben die Wale tatsächlich gesehen! Unglücklicherweise hat der Rest von uns Landratten das nicht miterleben können. Aber uns liegt hervorragendes Filmaterial von dem kleinen Trip vor, das wir mit Videoausschnitten von unserem geschätzten Dawson Leery zusammengeschnitten haben. Die zeigen nämlich den Strand von Capeside von seiner sonnigsten Seite.«

Jemand verdunkelte das Restaurant und der Fernseher wurde eingeschaltet. Sofort tat sich auf dem Bidschirm der grandiose Ausblick von Dunn's Leuchtturm an einem absolut göttlichen Herbsttag auf, mit der untergehenden Sonne im Westen.

»Während Sie den Film sehen«, kündigte Pacey an, »kommen Sie noch in den Genuss eines ganz besonderen Vortrags. Eine der führenden Meeresforscherinnen der Welt ist zum Wochenende der Wale nach Capeside gekommen und sie wird uns von der geheimnisvollen Welt der Wale berichten, die so wenige von uns kennen. Bitte heißen Sie unsere bewundernswerte Doktor Dorothy White willkommen!«

Die Leute applaudierten, als sich Doktor White neben den großen Bildschirm stellte, auf dem nun Alexis' Bilder zu sehen waren. Die *Capeside Queen* legte vom Dock ab.

»Habt ihr das gewusst?«, fragte Andie Michael und Jonathan.

»Ehrlich gesagt, nein«, antwortete Michael.

Doktor Whites Stimme dröhnte durch die Menge. »Blauwal, Buckelwal, Schnabelwal, Narwal, Pottwal, um nur einige Arten des geheimnisvollen Säugetiers zu nennen, das wir gemeinhin als Wal bezeichnen. Lassen Sie mich gleich eins klarstellen: Wale sind nicht nur intelligent, sie sind vielleicht sogar intelligenter als wir Menschen. Sie reden. Sie singen. Sie spielen.«

Das Video zeigte nun den seekranken Dawson, wie er im Passagierraum der *Capeside Queen* hockte. Die Kamera schaukelte mit den heftigen Wellen auf und ab.

»Und was sie besonders auszeichnet, sie werden nie seekrank«, bemerkte Doktor White und alle lachten. »Wussten Sie, dass der Blauwal größer ist, als jeder Dinosaurier es je war?«

»Wow!«, keuchte Charmer. »Das ist groß!«

»Ja, junger Mann«, entgegnete Doktor White, »das ist sehr groß. Bis zu dreißig Meter lang, die Größe eines neunstöckigen Gebäudes – mit einem Gewicht von mehr als einhundertfünfzig Tonnen. Ihr Sumos seid im Vergleich dazu mickrig, obwohl ihr schon nicht schlecht seid.«

Gröhlendes Gelächter im voll besetzten Restaurant. Auf dem Bildschirm war der weite Ozean zu sehen, dann fing die Kamera die Sumo-Brüder ein, die ihr Dinner angelten.

»Und was ist mit dem berühmten Moby Dick, von dem die Brüder in ihrem Gedicht sprachen? Moby Dick war ein Pottwal, eine Spezies, die uns bis zum heutigen Tage Rätsel aufgibt. Pottwale haben in der Stirn ein Reservoir mit reinem Öl und wir wissen bis heute nicht genau, wozu es dient. Ebenso wenig wissen wir, warum dieses Tier ein Gehirn von zehn Kilo Gewicht hat – das größte Gehirn, das bislang bei Tieren gefunden wurde.«

Joey beugte sich zu Jen vor. »Ich habe mein ganzes Leben in Capeside verbracht und wusste nichts von solchen Dingen«, raunte sie ihr zu. Plötzlich sprangen auf dem Bildschirm zwei Buckelwale aus dem Wasser, nur ein paar hundert Meter von der *Capeside Queen* entfernt. Die Leute im Restaurant schnappten hörbar nach Luft.

»Das sind Buckelwale«, fuhr Doktor White fort. »Die Walart, die wir an der Küste von Capeside am häufigsten beobachten.«

Mehrere Wale tummelten sich nun im Wasser; die Zuschauer sahen, was Dawson auf seinem Trip am Vortag erlebt hatte. Als er die Bilder jetzt in der Wiederholung anschaute, war seine Seekrankheit längst vergessen.

»Hier haben wir eine ganze Gruppe Buckelwale. Es gibt sie in vier verschiedenen Farben und sie lassen faszinierende Gesänge ertönen.«

Doktor White kommentierte die komplette Videosequenz, die Alexis auf der *Capeside Queen* gedreht hatte. Und dann, gegen Ende, gab es Bilder, die Dawson im Sommer von Paceys Segelboot aus gedreht hatte. Ganz zum

Schluss hatte man noch einmal denselben Ausblick wie zu Beginn des Films: von Dunn's Leuchtturm aus hinaus in den Herbst.

»Weißt du, Joey, manchmal vergesse ich ganz, wie schön es in Capeside ist«, flüsterte Jen.

»Ich weiß genau, was du meinst«, entgegnete Joey.

»Wollen wir uns ab sofort öfter gegenseitig daran erinnern, mal aufzuhören, ständig Teeny-Ängste zu haben, und das Schöne wirklich zu sehen? Was meinst du?«

»Ich meine«, sagte Joey und streckte die Hand aus, »das sollten wir unbedingt.«

12

Ein paar Stunden später standen Doktor White und ihre Enkel mit gepackten Koffern auf Grams' Veranda. Grams, Jen und Andie waren bei ihnen.

»Ich hoffe, Sie haben Ihre Reise nach Capeside trotz des Wetters genossen«, sagte Grams. »Ist es nicht seltsam? Nun scheint der Regen aufzuhören.«

Doktor White lächelte. »Ich muss zugeben, ich war mehr als skeptisch, als ich meine Enkel zu dieser Reise überredete, aber die Wahrheit ist, wir haben alle eine wunderbare Zeit gehabt.« Sie umarmte Grams herzlich. »Und ich glaube, ich habe eine neue Freundin gefunden.«

Nach dem Leuchten von Grams' Augen zu urteilen, war sie derselben Meinung. »Wenn Sie nächstes Mal zu Besuch kommen, machen wir etwas noch Verrückteres«, versprach sie.

Jen sah sie nachdenklich an. »Du hast mir noch gar nicht erzählt, was für einen Unfug ihr gestern Abend angestellt habt.«

»Jennifer, Liebes, das werde ich auch nicht.«

»Meine Großmutter ist bekannt dafür, dass sie schon viele ehrbare Frauen auf die schiefe Bahn gelockt hat«, neckte Jonathan.

»Und du, junger Mann, kannst nur hoffen, dass du meine Abenteuerlust geerbt hast«, meinte Doktor White.

Michael nahm Andie bei der Hand. Sie sah ihn fragend an, doch dann wurde ihr wieder einmal schmerzlich bewusst, dass er sie nicht sehen konnte.

Aber vielleicht spürte er ihren Blick. »Ich will dir etwas zeigen«, sagte er.

»Was?«

»Im Garten.«

Andie zuckte mit den Schultern. »Okay, entschuldigt uns!« Hand in Hand gingen sie auf die Rückseite des Hauses. »Falls es krass oder unsensibel klingt, musst du es mir sagen, Michael, aber wie kannst du mir etwas zeigen, das du nicht sehen kannst?«

Michael lachte. »Siehst du, das gefällt mir so gut an dir, Andie. Du sagst alles einfach frei heraus. Du hast keine Angst, Fragen zu stellen, und du behandelst mich nicht wie einen geistig Minderbemittelten, nur weil ich blind bin.«

»Ja, bin ich nicht nett?«, neckte sie ihn.

»Mehr als das.« Er nahm sie bei den Händen, beugte sich langsam vor und küsste sie sanft auf die Stirn.

»Faszinierend«, sagte Andie. »Woher hast du gewusst, wo genau meine Stirn ist?«

»Andie?«

»Hm?«

»Weißt du, was ich dir zeigen wollte?«

»Was denn?«

»Das hier.« Diesmal nahm er sie in die Arme und küsste sie auf den Mund. Andie war ziemlich überrascht, aber bevor sie sich's versah, erwiderte sie seinen Kuss. Schließlich löste sich Michael von ihr. »Das hat mir gut gefallen.«

»Mir auch«, pflichtete ihm Andie bei. »Aber ich weiß immer noch nicht, wie …«

»Denk mal nach, Andie. Wenn du einen Jungen küsst, schließt du dann nicht zuerst die Augen?«

Sie dachte nach. »Weißt du was, das stimmt.«

»Na, siehst du«, sagte Michael, »wenn es um die Liebe geht, bewegen wir uns alle im Dunkeln. Ich hatte ein wahrhaft wunderbares Wochenende, Andie. Es war ein Knaller.« Er umarmte sie rasch und klopfte auf seine Hosentasche. »Ich habe deine Telefonnummer hier in meiner Brieftasche.«

»Du hast bestimmt ein sprachgesteuertes Telefon, das selbst wählt.«

»Ich möchte dir eine Frage stellen: Wenn ich mich nicht melden würde, würdest du mich dann anrufen?«

»Ehrlich gesagt, Michael, bin ich nicht sicher.«

Er atmete langsam aus. »Das war nicht unbedingt die Antwort, die ich erhofft habe.«

»So ist nun mal die ehrliche Andie mit ihren ehrlichen Antworten. Ich mag dich wirklich. Und ich möchte dich gern besser kennen lernen. Und ich fühle mich definitiv zu dir hingezogen ...«

»Gleich kommt das große Aber«, warf Michael ein.

»Aber mein Liebesleben ist irgendwie kompliziert geworden. Ich muss mir über ein paar Dinge klar werden, bevor ich mich auf etwas Neues stürze.«

Michael nahm sie am Arm. »Verstanden. Also, ich hoffe, du entwirrst deine Verwicklungen. In der Zwischenzeit möchte ich dir wirklich gern ein Freund sein.«

Sie stemmte die Hände in die Hüften. »Da bin ich aber misstrauisch. Meinst du nicht in Wirklichkeit, du hoffst, wir werden vielleicht spontan mehr als Freunde und landen von der Leidenschaft übermannt nackt auf einem Bärenfell, wenn wir uns weiterhin sehen?«

Er lachte. »Es ist toll, was sich dein Gehirn alles ausdenkt.«

»War ja nur 'ne Frage.«

Sie küssten sich erneut. Dann nahm Andie Michaels Hand und führte ihn zurück auf die Veranda.

»Bereit zur Abreise, Bruderherz?«, fragte Jonathan. »Dorothy wartet bereits im Wagen auf uns.«

»Allzeit bereit«, entgegnete Michael.

Jonathan betrachtete das Händchen haltende Paar. »Ich würde immer noch sagen, du hast dir den mickrigeren Bruder ausgesucht, Andie.«

»Ja, ja, du kannst es nur nicht ertragen«, neckte ihn Michael.

Wieder einmal bemerkte Andie, wie nahe sich die Zwillinge standen. Ihr wurde ganz warm ums Herz. »Ich hoffe, euch ist klar, wie gut ihr es miteinander habt. Ihr könnt euch glücklich schätzen.«

»Glücklich wegen diesem Schrumpfkopf?«, schnaubte Michael.

»Ja«, entgegnete Andie sanft. »Wegen diesem Schrumpfkopf.«

»Vertrau mir, Andie«, sagte Jonathan. »Ich bin der Gewinner. Wir sehen uns!«

Michael hakte sich bei Jonathan unter. Sie stiegen gemeinsam die Treppe von der Veranda hinunter und stiegen zu ihrer Großmutter ins Auto. Als sie abfuhren, gesellte sich Jen zu Andie. »Nette Jungs, hm?«, sagte sie.

Andie nickte. »Hast du dir je gewünscht, einen Bruder oder eine Schwester zu haben, Jen?«

»Na ja, ich habe immer gesagt, ich sei froh, ein Einzelkind zu sein. Dann kann niemand anders die Kreditkarte meiner Eltern plündern. Aber heute? Soll ich ehrlich sein? Du kannst wirklich froh sein, Jack zu haben!«

»Witzig. So etwas habe ich gerade zu Michael und Jonathan gesagt. Und über mich und Jack dasselbe gedacht.«

Gale, Mitch und Dawson saßen an einem leeren Tisch. Die wunden Füße hatten sie auf Stühlen hochgelegt. »Was meinst du, Dawson?«, fragte Gale. »Ich würde sagen, unser Muschelessen, das nicht am Strand stattfand, war ein Erfolg.«

»Ohne Zweifel«, stimmte ihr Dawson zu. Er sah seine Eltern an. »Hat euch schon mal jemand gesagt, wie gut ihr zusammenarbeitet? Wenn man euch kennt, weiß man einfach: Ihr seid füreinander bestimmt. Ich bin froh, dass ihr endlich selbst drauf gekommen seid. Jetzt fällt es mir leichter, ans College zu gehen.«

»Vergiss es, du machst keine Abschlussprüfung«, stöhnte Mitch. »Ich kann doch unmöglich einen Sohn haben, der schon so alt ist!«

»Ich will nur nicht, dass ihr beide zu oft zurückschaut und die Zeit bedauert, die ihr verloren habt«, sagte Dawson sanft. »Die, in der ihr hättet zusammen sein können. Also dann, ich muss weg. Ich treffe mich mit den anderen bei Joey. Wir gehen raus zum Leuchtturm und halten Nachlese!«

Als Dawson das Restaurant verließ, rief ihm sein Vater hinterher: »Mein Sohn?«

Dawson wandte sich um.

»Ich bin auch froh, dass deine Mutter und ich endlich drauf gekommen sind.« Mitch lächelte. »Und bestell Joey liebe Grüße!«

»Weißt du was, du nervst, Potter«, meinte Pacey, als sie sich vorsichtig über die Holzplanken im Schlamm zu Dunn's Leuchtturm vorarbeiteten. Hinter Joey und Pacey folgten Jack, Jen, Dawson und Andie.

Es war spät am Nachmittag und die Sonne kam heraus, während graue Wolkenknäuel über den Himmel jagten, der im Westen bereits strahlend blau geworden war. Und die Luft wurde kühler; die herannahende Kaltfront war deutlich zu spüren. Zu spät für das Wochenende der Wale! Fast alle Touristen waren direkt nach dem Muschelessen abgereist.

»Würdest du dir die Mühe machen, diese Aussage zu erklären?«, entgegnete Joey.

»Sieh mal den Tatsachen ins Auge«, meinte Pacey. »Die Sumo-Brüder haben uns quasi den Hintern gerettet und du hast dich geweigert, Elvis zum Abschied zu küssen.«

»Sorry, Pacey, aber ich halte nichts davon, mit der Zunge danke zu sagen.«

Jack zog ein Gesicht. »Das habe ich gehört. Das ist ja ekelhaft!«

»Aber Dawson gefällt es offenbar«, neckte Jen. »Ich habe ihn mit unserem auf Magersucht getrimmten Fräulein gesehen, bevor es abreiste. Nicht wahr, Dawson?«

»Vielleicht habe ich widerwillig einen leidenschaftslosen, kurzlebigen Gesichtskontakt mit Alexis gehabt«, sagte

Dawson. »Aber es ging nicht von mir aus. Und ich habe nicht, wie du es so plastisch ausgedrückt hast, mit der Zunge danke gesagt.«

»Hey, macht es Dawson nicht so schwer!«, meinte Pacey. »Alexis hat immerhin das Video von der *Capeside Queen* gedreht. Kein Video – keine Fernsehshow beim Essen. Keine Fernsehshow beim Essen ... Das hätte einen Aufruhr in der Stadt gegeben! Dawson hat lediglich seine bürgerliche Pflicht erfüllt.«

»Hört, hört!«, meinte Jen.

Pacey grinste und half Joey an einer Stelle, wo die Holzplanken im Schlamm versunken waren, über den Morast. »Okay, aber wenigstens haben die Leute gesehen, dass es da draußen wirklich Wale gibt.«

Joey machte vorsichtig einen großen Schritt. »Wenn es nächstes Jahr beim Wochenende der Wale regnet, will ich so ein Fiasko wie diesmal nicht noch einmal erleben. Und wenn Bessie dann im Streckverband liegt! Erinnert mich bitte an diese Worte!«

»Aber Tatsache ist doch, dass du außer der Erstattung für diese psychotische Kinderfilmproduzentin einen guten Schnitt gemacht hast«, gab Pacey zu bedenken. »Und das ganze schöne Geld geht drauf für die Hypothek.«

Sie marschierten einige Minuten schweigend, bis sie an den Leuchtturm kamen. Der Himmel klarte immer weiter auf, obwohl es bis zum Sonnenuntergang höchstens noch eine halbe Stunde dauern konnte.

»Es stimmt, es ist alles gut ausgegangen«, sagte Joey sanft. »Und es stimmt auch, dass ich diesmal ohne die Hilfe von Bessie oder Bodie klargekommen bin. Und wir alle wissen, wie sehr mich das gestresst hat. Aber dann habt ihr mir alle ... Was ihr für mich getan habt ...«

Sie brachte den Satz nicht zu Ende.

»Ich glaube, Ms. Potter versucht auf die ihr eigene wortgewandte Art, uns zu danken«, sagte Jen.

»Natürlich bin ich euch dankbar«, entgegnete Joey mit

fester Stimme. »Ich hätte das nie und nimmer ohne euch geschafft. Ich meine, ihr habt euer ganzes Wochenende geopfert. Ihr seid früh aufgestanden und lange wach geblieben und habt euch mit so viel Arbeit rumgeschlagen, nur um mir zu helfen.«

Pacey zuckte mit den Schultern. »Ja, wir sind sogar nass dabei geworden. Na und?«

»Ich glaube, ich habe die äußerste Grenze meines Schmalzpensums erreicht«, sagte Joey. »Ich vertraue darauf, dass ihr selbst die leeren Stellen in meiner überzuckerten Rede füllen könnt.«

»Prima«, sagte Andie. »Achtung, ich bin am schnellsten!« Ohne zu warten rannte sie auf die Rückseite des Leuchtturms, öffnete die Tür und spurtete die Treppen hoch. Hinauf, hinauf, hinauf rannten sie alle hinter ihr her, bis sie atemlos oben ankamen.

Ein unglaublicher Ausblick erwartete sie. Der Himmel war nun fast ganz blau und weil das Meer dieselbe Farbe angenommen hatte, war nicht zu erkennen, wo das Meer aufhörte und der Himmel begann.

»Wie wir sehen, spielt die Natur ein grausames und wechselhaftes Spiel mit Capeside«, sagte Pacey schwer atmend. »Warum hätte das nicht vor drei Stunden geschehen können?«

Sie blickten auf das weite Meer hinaus. »Als ich das Video von der *Capeside Queen* gesehen habe, war ich richtig neidisch, egal, wie dunkel und düster und seekrank der Trip wirkte«, sagte Jen. »Ich habe noch nie einen Wal gesehen.«

»Sieht ungefähr wie Elvis aus, mit einem Atemloch«, bemerkte Pacey.

Joey schaute verträumt übers Meer. »Als Bessie und ich klein waren, sind wir oft mit meinen Eltern zu den Felsen herausgekommen. Da gab es noch gar kein Wochenende der Wale. Wir saßen ganz lange ruhig da und warteten auf das Wunder. Und sie sind immer gekommen, die riesigen schönen Tiere, und haben uns eine Vorstellung gegeben. Meine

Mutter hat vor Freude gelacht und mein Dad hat sie sich geschnappt und im Kreis herumgewirbelt. Wir waren so glücklich.«

Dawson erinnerte sich. Er hatte einen dieser Ausflüge mit den Potters gemacht, lange bevor Joeys Mutter gestorben war, lange bevor ihr Vater ins Gefängnis gekommen war. Joey hatte trotz all dieser Katastrophen weitergemacht. Bewundernswert! Und sie hielt weiter durch. Manchmal war es sogar mehr als das – sie blühte auf.

Er betrachtete ihr Profil. Für ihn war es unglaublich schön – er kannte ihr Gesicht genauso gut wie sein eigenes. Vielleicht sogar besser. Sie war schließlich *seine* Joey und würde es immer bleiben.

»Seht doch!«, rief Andie aus und zeigte nach Osten, ein paar hundert Meter auf das Meer hinaus. Das Wasser lebte. Drei Buckelwale streckten die Köpfe aus dem Wasser. Und es sah wirklich so aus, als schauten sie direkt zum Leuchtturm herüber.

»So nah hab ich sie noch nie gesehen«, staunte Joey. »Mein Gott, sie sind so schön!«

Und wie aufs Stichwort tauchten die Wale ab und sprangen dann gleichzeitig hoch in die Luft. Das Aufklatschen ihrer riesigen Körper und Flossen auf die Meeresoberfläche konnte man bis hinauf in den Leuchtturm hören.

»Das ist ja super!« Jen hatte glänzende Augen. »Das sollte jeder Mensch wenigstens einmal in seinem Leben gesehen haben.«

»Stimmt«, meinte Jack ehrfürchtig, als die Wale noch einmal sprangen. »Faszinierend!«

Joey wandte sich an Dawson und Pacey. »Das werden wir vermissen, nicht wahr? Wenn wir ans College gehen, meine ich.«

»Wir vergeigen einfach die Prüfung und verlangsamen das kleine Menuett des Lebens, was meint ihr?«, schlug Pacey vor.

»Das Rad der Zeit hält niemand auf«, zitierte Dawson.

»Ja«, pflichtete ihm Andie bei. »Das hat Shakespeare gesagt. Und der ist tot.«

Joey lächelte. »Aber wir noch lange nicht. Und die da auch nicht.« Die Wale sprangen wieder in die Luft, als freuten sie sich einfach am Leben.

Andie ging an die offene Seite des Leuchtturmhäuschens. »Nenn mich Ismael!«, rief sie aufs Meer hinaus. »Ach was, wir sind alle Ismaels! Eine Herde Ismaels!«

»McPhee«, sagte Pacey, »manchmal muss ich mich wirklich über dich wundern.«

Aber allen war klar, was Andie gemeint hatte. Sie konnten sich einfach aufeinander verlassen. Und jeder von ihnen wünschte sich, dass sich daran auch in Zukunft nichts änderte.

Bisher erschienen:

DM 19,90/öS 145,–/sFr 19,–
ISBN 3-8025-2604-X

DM 19,90/öS 145,–/sFr 19,–
ISBN 3-8025-2605-8

DM 19,90/öS 145,–/sFr 19,–
ISBN 3-8025-2631-7

DM 19,90/öS 145,–/sFr 19,–
ISBN 3-8025-2668-6

vgs verlagsgesellschaft, Köln

Bisher erschienen:

DM 19,90/öS 145,–/sFr 19,–
ISBN 3-8025-2671-6

DM 19,90/öS 145,–/sFr 19,–
ISBN 3-8025-2706-2

DM 19,90/öS 145,–/sFr 19,–
ISBN 3-8025-2714-3

DM 19,90/öS 145,–/sFr 19,–
ISBN 3-8025-2731-3

vgs verlagsgesellschaft, Köln

Bisher erschienen:

DM 19,90/öS 145,–/sFr 19,–
ISBN 3-8025-2748-8

DM 19,90/öS 145,–/sFr 19,–
ISBN 3-8025-2768-2

DM 19,90/öS 145,–/sFr 19,–
ISBN 3-8025-2752-6

DM 19,90/öS 145,–/sFr 19,–
ISBN 3-8025-2795-X

vgs verlagsgesellschaft, Köln